装幀　山田英春

ブストス＝ドメックのクロニクル　目次

今や愚劣事はなべてその闘士を有せり。
――オリバー・ゴールドスミス、一七六四年。

夢はすべて予言である。
時の胎内においては、冗談も又真摯である。
――キーガン師、一九〇四年。

忘れられたる三巨人、ピカソ、ジョイス、ル・コルビュジエ、に捧ぐ。

序

ここに再びわが旧来の友である本書の著者からの切なる願いにより、序文なるものに手を染める者すべてをしつこく密かに待ち伏せる、ジャンル特有の危険と味気なさなるもの向けて身を乗り出すこととはなった。かくのごとき厄介事がわが批評眼のルーペを逃れることまずあるまいと思う。かの賢きオデュッセウスの如く、対峙せる両難をば巧みなる操舵を以て躱し必ずやこの窮地をば脱しよう。一方にはカリュブディスの大渦の如く、この小論集成自らが必ずや忽にして幻滅せしめるところとなる蜃気楼《ファータ・モルガーナ》の魅力により、関心薄く怠惰なる読者諸氏の注意を喚起するの危険が、又他方においては女怪スキュレーの潜む大岩にも似て、後に続く本文の影薄く又打ちのめされることのなきよう、己れの筆の輝きをば押えんとするの危険が待ち受けているのだ。否応なくゲームの規則は課せられてあるのだ。その小心翼々たる使い手の顔面造作をば、一撃の下消し去ることのなきよう、鋭き爪をば隠しおく、かの目もあやなる実在のベンガル虎に倣い、批評のメスをば捨て置かずして、ジャンルの要求するところに従う所存である。真理のこよなき友として、猶且つプラトンの忠実なる友としてあり続けたいと念ずるのだ。

必ずや読者諸氏の胸裏を掠めるに相違ないあれこれの不安も杞憂に終るに違いないのだ。抑制あるエレガンス、寸鉄人を刺す眼識、全鳥瞰的なる統一的視点等々を具備せるわが文章の冴えと、非の打ちどころなき好人物たる著者が、午睡《シエスタ》と午睡《シエスタ》の合間に、埃にまみれ、単調なる地方暮しに首まで漬かりつつ書き留めおきしこれら敬服に価する小論集成の純情にして気取らずその上ずさんなところ目につく文章とを比較しようなぞ誰が考えようか。

さる文化人――ブエノスアイレスの人にて、その令名を明かすはわが趣味の赦すところではない――が『モンテネグロ家の人々』なる仮題――われもし翻意せざれば――の小説を構想中との噂を耳にするや、広く世にその名を知られたるわが〈ブスメック *1〉――彼はかつて物語の類を試みし経歴の持主である――は目敏く批評のジャンルへ手を出す仕儀とはなったのだ。かかる迅速果敢なる方向転換の結果として、それ相応の報償ありしこと卒直に認めねばならぬ。不可避的なる二、三の疵跡の存在を別とすれば、只今序文を認むるの恩恵に浴せるこの小論集成はほぼ円満具足の態をなしておる。そのスタイルの決して与ええぬ興味をば、好奇的なる読者に対し素材そのものが与えるところとなるのだ。

現下の混沌に満ちたる時代状況にありては、消極的批評なるものそのあらゆる局面において力の欠如に悩まされておる。主たる関心事が人々の好悪の感情の彼方にて国家的なる或は又土着的なる諸価値――時代の規範とはいえ泡沫に過ぎぬ――の肯定に腐心すればなり。これに引き替え、ここに執筆中の序文そのものはわれと習慣を共にする著者のひとりからする切なる願いにより引き受けた *2 ものである。それ故、早速に焦点をばその成果へと合わせることとしよう。この海辺のワイマールが提供する眺望を頼みの綱に、わが又聞き *3 のゲーテはそこに全ての現代的なる諸相の反映する真に百科全書的なる作品をば作り上げたのだ。小説、叙情詩、概念論、建築、彫刻、演劇そして現代の特徴的存在たる極めて多様なる視聴覚メディア等々につき深き関心を抱きたる人々は、御当人には誠に気の毒ながら、この必須便覧――これ即ち親切にも諸君の手を取りてミノタウロスまで導き行く真正なるアリアードネの糸に他ならぬ——を容認せざるを得ぬであろう。

ここでひとりの傑物——かの人物こそ懐疑家とスポーツマン、文学の高僧と寝室の種馬とを巧みに一身に統一具現せしめているのだ——の不在に関し、批難の声がコーラスとなってわき起ることでもあろう。しかしながらこの欠如たるや、全く無理もなき著者の羨望のせいなどではなくして、その限界を知りたるアルチザンのいとも自然なる謙遜のしからしむるところと判断するのだ。

敬服に価する本小冊子の頁を冷やかにめくる時、一瞬、われらが微睡《まどろみ》はラムキン＝フォルメントなる名前の唐突なる登場によりて強く揺り動かされるのだ。ここで有らぬ疑いがわれらの心を責めさいなむのだ。かかる人物はその肉と骨とを備えて現実に存在せりや？　或は又ヒレア・ベロックの手になる風刺詩のひとつにその威厳ある名を与えし、かの仮定的操人形ラムキンの親類はたまた谺にすぎぬのか？　この種の疑いこそが、他の点においては啓発的にして、正直、平明、単純以外のいかなる価値——この点特に強調したいが——をも目論むことなき本集成の可能的完璧性を曇らせる類のものなのだ。

同様に黙過すべからざるは、かの弁護士バラルトの抑制きかぬ鍵盤よりあふれ出し辟易たる六巻本のバ

*1—オノリオ・ブストス＝ドメックの友人間における愛称である（H・ブストス＝ドメックによる註記）。

*2—この言明は事実に反している。モンテネグロ博士よ、思い出して下さい。私は貴方に何も依頼などしなかったのだ。印刷所へ、世間話でもするつもりか、突然顔を出したのは貴方の方なのだ（H・ブストス＝ドメックによる註記）。

*3—モンテネグロ博士がくどくどと述べられたからには、今さらバラルト先生に事情を説明して下さる様依頼の電報を打つことは断念したのだ（H・ブストス＝ドメックによる註記）。

ガテルを扱うにあたり、結社運動の概念に対しこの著者がとった姿勢の軽々しさである。弁護士の発する徒らなるサイレンに惑わされ、彼は余りにも長く単なるユートピア的組合せにのみかかずらいて、現秩序と確かな未来の岩乗なる柱石たるべき真の結社運動をばないがしろにしたのだ。

さあれ、本小冊子はわれらが寛容なる入会《イニシエーション》の儀をばかろうじて通過するところとはなったのだ。

ヘルバシオ・モンテネグロ

ブエノスアイレス、一九六六年七月四日。

セサル・バラディオンへのオマージュ

セサル・パラディオンの多彩なる作品群を称揚すること、疲れを知らぬその精神的抱擁力の広大さに驚嘆すること、それは御承知の如く現代文芸批評における御定まりの口上、常套語のひとつになっているといえよう。しかし常套語なるものがしばしば真実を語るものであることを心に留めておくことも又大切なことではないだろうか。そういう訳でゲーテとの比較というものがここでも避けられなくなるのだし、又この関連性なるものが、二人の偉大なる文学者双方の肉体的特徴の類似性のみならず、たまたま両者がそれぞれの『エグモント』を所有するという共通性にも起因しているのだ、などと言い出す人々にも事欠かないわけなのだ。ゲーテは、わが精神の四方の戸はすべての風に向って開け放たれていると語っている。パラディオンはこの種の宣言を行ってはいないが——彼の『エグモント』はこの言葉を欠いているのだ——その手になる十一冊の、プロテウスの如く変玄自在なる著作を前にして、パラディオン自身が同じ発言を行ったとしても何らの不思議はないのである。ゲーテもわがパラディオンも共に、天才的著作を生みだす為の恰好の条件である健康と強靱なる体力とに恵まれていた。文学界における力強き耕作者として二人は両の手に鋤をばしっかと握りしめ整然と畑のうねを掘り起すのである。

油絵や彫像、木炭画から実物そのままの写真にいたるまでパラディオンについては夥しいかぎりの似姿が量産されたことであった。身近に彼を知る者としては無理もないともいえようが、このような画像の氾濫に対して一同は、巨匠がその身から絶間なく放射し続ける眼に快い微光のごとき威厳と廉直をばありのままに伝えるものではないとして、非難の声を挙げたのであった。

セサル・パラディオンは一九〇九年にジュネーブにおけるアルゼンチン共和国領事に任命されたが、彼の地においてその第一作『見捨てられし公園』が発表されたのであった。今日では愛書家垂涎の的となっているこの一本は、著者自らの手により微に入り細に入り校正し尽されていたにもかかわらず、たまたまカルビニストの植字工がサンチョ・パンサの言語を全く知るところがなかった故に、途方もない誤字脱字の類が最終段階で新たに忍び入ることとなったのである。裏話のお好きな方々は歓迎してくれることだろうが、もはや誰一人として思い出そうとはしない不愉快なるエピソードのひとつで、その唯一の取得がパラディオンのスタイルの恐るべき独創性を如実に浮び上らせている点にある、というのがある。それは一九一〇年の秋のことであったが、さる高名なる批評家の一人が『見捨てられし公園』をウルグアイの詩人フーリオ・エレーラ・イ・レイシグの同名の作品と照合し、パラディオンが後者から剽窃を犯したのだ――お笑い召さるな――という結論を打ち出したのであった。両作品からの長文の引用を左右に比較対照させて印刷し、これを以てその大胆なる告発を正当化しようとしたのである。しかしながらこの告発は宙に浮いてしまったのである。読者の中にも唯の一人としてその耳を貸す者とてなく、当のパラディオンはといえばわざわざ取り合うはずもなかったのである。その名を思い出すのも不快なこの中傷者はやがてその非を悟り、永遠の沈黙へと落ち込んでしまったのである。批評眼の驚くべき盲点が顕にされたのだ！

一九一一年から一九年に亙る期間はまさに超人的とも評しうる多作期に当る。彼の筆から次のような諸作がとめどなく流れ出たのであった。『外国文学案内』、教育的物語『エミール』、『エグモント』、『文学読本』(第二シリーズ)、『バスカーヴィル家の犬』、『アペニンからアンデスまで』、『アンクル・トムの小屋』、『共和国首都誕生までのブエノスアイレス州』、『ファビオラ』、『農耕詩』(オチョア訳)、そしてラテン語による『卜占論』である。だがしかし働き盛りの只中で死が彼を襲うところとなったのだ。親友の証言するところによれば、パラディオンは死の直前まで聖なる著作『聖ルカによる福音書』の制作に打ち込んでいたとのことであるが、これについては残念ながら草稿が残されてはいないのだ。さぞや興味深い読物となっていただろうことは想像に難くないのである *1。

パラディオンの方法論は多くの批評論文や学位論文の対象となっており、ここで改めて論ずることは屋上屋を架すことにもなりかねないので差し控えることとし、大雑把に概要を述べるだけに止めようと思う。決定的なる鍵はファレル・デュ・ボスクの論文『パラディオン、パウンド、エリオットの流れ』(ビウダ・ドゥ・シャルル・ブーレ社、パリ、一九三七年刊)によって与えられた。ファレル・デュ・ボスクはミリアム・アラン・ドゥ・フォールから借用した〈単位の拡大化〉なる言葉を手がかりとして徹底的なる分析を展開したのであった。わがパラディオンの以前にも以後にも著作家が引用する文学的単位なるものは単語か或はせいぜい出来合いの成句に限られていた。様々な出典から名文名句をそっくり書き集めて来ては寄集め詩文を編んでいたビザンチン僧侶のやり方が、パラディオン流の〈拡大化〉の唯一の先例と言える

*1—明らかにそのひととなりのなせるところではあろうが、案の上パラディオンは、シオ・デ・サン・ミゲルの決定訳を選んだ模様である。

かもしれない。現代においては『オデュッセイア』からの長々とした抜粋がパウンドの『カントーズ』の第一篇の冒頭を飾っているし、又、T・S・エリオットの作品には、ゴールドスミスやボードレール、そしてヴェルレーヌからの引用が花を添えていることは周知の事実である。既に一九〇九年という年に、パラディオンはさらに遠くまで大巾に歩を進めていたのであった。エレーラ・イ・レイシグの完結せる作品『見捨てられし公園』そっくりそのままをいわば併合していたのである。モーリス・アブラモビッツの打明け話は又、パラディオンが千辛万苦の詩的創造過程において常に変らず拠《よりどころ》となしてきたデリケートな気配りと情容赦のない厳格さというものを明らかにしている。パラディオンとしてはその当時、『見捨てられし公園』よりもむしろレオポルド・ルゴーネスの『庭園のたそがれ』の方を好んでいたのであったが、ルゴーネスの作品と同化することは自分にはまだふさわしくないと判断していたのである。逆に、エレーラの本の方がどの頁をとってみても十二分にパラディオン自身を表現しえており、当時における彼の可能性の射程内に収まりきっていることを理解していたのであった。それ故パラディオンはこの書に自らの名を付し印刷所へとまわしたのであった。コンマひとつとして削りもしなければ付け加えることもなかったが、これは彼の終生変らざるスタイルとなったのである。かくしてわれわれは今世紀最大の文学的事件であるセサル・パラディオン著『見捨てられし公園』に直面するところとなったのである。これほどエレーラの同名の書からかけ離れた存在というものはない。なぜならエレーラの本は先行する作品を繰り返すということはなかったのだから。この瞬間からパラディオンは、うんざりさせるほど厖大な参考書目を抱え込んで浩瀚ぶりを発揮したり、ただの一行たりといえども自ら書くなどという安易なる虚栄心に身をゆだねたりすることもなく、ただひたすらにその魂の奥深く秘められたところを慎重に観察し、それを十全に表現しおおせているところの書籍をば次々に発刊するという前人未踏の領域へと踏み込んだのであった。かくも奥床しきこの人物は、東洋や西洋の汲めども尽きせぬ大図書館の提供する大盤振舞を前にして、『神曲』にも『千夜一夜物語』にも手を出さずして、人情味あふれてにこやかに『文学読本』(第二シリーズ)を選んだのだ！

パラディオンの精神的発展過程は十分に解明し尽されたとは言い難い。例えば『文学読本』の類から『バスカーヴィル家の犬』の如き作品への神秘的なる跳躍については誰一人として説明をなしえていないのである。われわれとしては、この軌跡こそが浪漫的不安なるものを超克し、ついには古典主義的作家としての気高き静謐へと到達するという、偉大なる作家の必ずや歩むところの王道そのものに他ならないという仮説を怖めず臆せず提示したいと思うのである。

パラディオンは学生時代の勉学のかすかな名残りを別とすれば、死語についてはほとんど知るところがなかった。一九一八年に彼は、その小心ぶりには今日われわれを感動させるものがあるが、オチョアによる西訳版に従い『農耕詩』を出版したのである。その一年後には、精神的なる充実感を自覚してきていた彼は、ラテン語の『卜占論』を印刷所へとまわしたのである。果していかなるラテン語であったことか！驚くなかれ、これこそはラテン文の模範たるキケロのそれであったのだ！

一部批評家にとっては、キケロやウェルギリウスの後で福音書を発表するなどということは古典的理想に背馳するところ極めて大なるやり方であると思われることでもあろう。われわれとしてはむしろこの最後の道程——残念ながら生前完遂するところとはならなかったが——に精神的なる一大革新の意義を認めるものである。つまり、異教から信仰へと歩む神秘的にして清澄なる道程をそこに見るのである。

パラディオンがこれらの書冊を出版するにあたり、その費用を自らのポケット・マネーから捻出していたこと、そしてその出版はいずれもたかだか三百部ないしは四百部に限られていたことは周知の事実である。もちろんどの本も今ではすべて品切れとなっており、たとえ幸運なる読者が『バスカーヴィル家の犬』を入手し、その独特なるスタイルに魅了されるところとなったとしても、次には今や入手不可能となっている『アンクル・トムの小屋』を何としてでも賞味したいものだと憧れ悩むようになるのである。それ故、現在与野党議員の有志メンバーからなる一団の人々が、われらが多重人格的作家の、極めて独創性と変化に富む全集を国家的支援の下に刊行せんとする動きを見せていることは誠に喜ばしい限りである。

ラモン・ボナベーナとの一夕

すべての統計或は記述的、報告的な文書というものは、遠い将来においてわれわれと同じような——といっても聡明さという点では遙かに勝るところある——人類が、われわれの残し与えるデータに基づいて、有益なる結論というか、ある驚くべき普遍的真理の発見をもたらすのではないかという壮大にして多分に根拠薄弱なる期待をばその前提にしているものなのである。ラモン・ボナベーナの六巻本の著作『北北西』の頁をめくったことのある人の多くは、この巨匠の手になる作品がそのような将来における綿密な仕上げによってより完全なものになるのではないか、というよりは、その完成のためにはかかる協力が不可欠ではないかと考えるに相違ないのである。取敢えずお断りしておかねばならないのは、このような考えというものは私の個人的な感想であって、決してボナベーナ先生御自身の承認を得たものではないということである。お会いしたのは唯の一度だけであったが、その際先生は、生涯を捧げたこの作品についてはいかなる種類の美的意味付けも科学的意味付けも行うことをきっぱりと拒絶されたのであった。もう大分前のことになるが、私はあの夕のことを今でもはっきりと覚えているのである。

私は一九三六年当時、『ウルティマ・オーラ』紙の文芸附録の仕事に携わっていた。その編集長であった人物はあらゆる事に首をつっこみたがり、当然文学についても一家言を有する人物であったが、まことに冬らしいある日曜日、この小説家——当時名を成していたとはいえ未だ売れっ子にはなっていなかった

――をエスペレータの隠栖地に訪ねるよう私に命じたのであった。

今でも残っているその家は平屋建で、屋上に欄干付きの小バルコニーがふたつあるのが、何とも哀しげに上階を憧れ求めている感じを辺り一面に漂わせていたのであった。戸を開けてくれたのは御当人のボナベーナ先生であった。彼の写真には必ずといってよいほどに登場するあの色眼鏡――恐らく彼を襲った一過性の病いのせいでかけているのではないかと思われるが――は、その当時ぶよぶよと膨れ上った頬にそっくりと飲み込まれそうな感じであった彼の顔を飾ってはいなかったのだ。かなりの年月が経過した今となっても、その時彼が身に付けていたリンネルのダスターコートとトルコ製の寝室用スリッパを、ありありと思い出すことができるのだ。

彼のいかにも自然で丁重なる物腰の中には、故意の寡黙さといったものがすけて見えることがあった。はじめは慎しみ深さのせいなのかとも思われたのだが、まもなく、この人物は内心極めて自信に満ちあふれており、世界中が自分を注目する時が必ずややって来ることを悠揚迫らざる態度で待っているのだ、ということが判ったのであった。完璧さが要求され、しかも無限に続くが如き種類の作品創造に携っていた彼としては、時間を割くことに対しては極端に吝嗇であり、私が宣伝に一役買おうとしてもまったく意に介するところがなかったのである。

その書斎は、パステルで描かれた海洋画や陶器の牧人像や犬の像などが飾ってあり、一見田舎の歯医者の待合室を思わせるものがあった。もちろん少しばかりの書物も備えられてはいたが、そのほとんどは各種技術や職業に関する辞典類であったのだ。書物机のラシャ下敷きの上に強力なるルーペと大工用曲尺を認めたが、私はいささかも驚きはしなかったのだ。コーヒーと煙草が会話の刺激剤となってくれた。

「もちろん私は『北北西』を繰り返し熟読いたしております。しかし一般の読者大衆のためにはですね、貴方が天賦の総合化能力をフルに発揮されて、構想のそもそもの発端からあの厖大なる完成品にいたるまでのさわり、をひとわたり述べて頂くのが一番よいのではないかと思うのですが……。すべては卵からですよ！」と私はせかしたのであった。

その時までまるで無表情で血の気のなかった彼の顔が一瞬輝きを増したのであった。ややあって選び抜かれた言葉の群が奔流のように彼の口から流れ出たのである。

「そもそもの計画は文学、いやそれどころかレアリスム文学の領域さえ一歩たりとも越えるようなものではなかったのだ。僕が渇望したのは何も突飛なことではないのだ。そこらでお目にかかるいともありふれた人々が登場して不在地主に対して周知のプロテストを行うという、単純明快なるわが国土の物語を創作することであったのだ。それ故僕としてはだね、当然のことながらわが村エスペレータを舞台に選んだのだよ。審美的超越的観点などというものはこの私には無縁なのだ。ただこの地域社会の限定されたる一領域に関して正直な証言を残すことをこそ望んだのだ。ところでまず最初に逢着した困難というのはごく些細なものであった。例えば登場人物の名前である。実名をそのまま作品の中で使うことは名誉毀損の訴訟に道を開くことになる。この前の道の角を曲ったところに事務所を構えている弁護士のガルメンディア先生のおっしゃるところでは——まあ、予防薬を一服というわけなのだが——エスペレータの住民は一般に訴訟好きな連中なのだ、ということであった。それ故名前を案出せざるをえないはめになったのだが、これはこれで非現実性への道を開く恐れなしとはしない。イニシアルだけであとは……でごまかしてみたが、この解決法も何やら気に入るというわけにはいかなかったのだ。何はともあれ、主題を深く掘り下げていくうちにこの僕に判明したことは、困難の最たるものは登場人物の名前などではなくして、いわば精神現象的な次元そのものにあるということなのだ。隣人の頭蓋に入り込むのはいかにして可能なりや？　レアリスムを捧じつつ、他者の思考をいかにして推測すべきか？　その答は明々白々であったけれども、それに直面することだけは当面避け通したのだ。それから飼育動物を主人公にした小説の可能性について検討を加えてみたのだ。だがしかし、いかにして飼犬の思考過程を感じ取るのか、恐らく視覚的というよりは嗅覚的と思われるその世界をかいま見ることは、いかにして可能なりや？　ほとほと途方に暮れてしまった僕は、自分自身への退却しか残されていない、自伝以外にはいかなる手段も残されてはいないのだと考えるようになった。やはり、ここにも同じように迷路が待ち受けていたのである。私とはそもそも誰であろうか？　今日の私は目まぐるしさの只中にあり、昨日の私はもはや忘却の中にあり、そして明日の私は予測不能のそれなのだ。人間の心ほど触知不能な存在は他にあるだろうか？　それにこの書いているという意識を私が持つとすれば、その意識は又この私に影響を与えることになる。だからといって自動記述などに頼ってみれば、偶然性というものに身をゆだねることになってしまうのだ。確かキケロが書いている例だったと記憶するが、ある女性が神託を求めて神殿に行き、自ら口にした言葉の中に神託そのものが含まれていたとはつゆぞ気付きはしなかった、という話があるのを御存知の方もあるだろう。僕にもここエスペレータで同じような事が起ったというわけなのだ。答を求めてというわけではなく、とにかく仕事を進めなくてはならぬというので、構想ノートをめくった時のことであった。まさしくこのノートの中に探し求めていた鍵があったのである。それは限定されたる一領域という言葉であった。それを書いた時はほんのありふれた普通の意味で用いたのであったが、読みなおしてみた時には一種の啓示となってこの僕を眩惑したわけだ。限定されたる一領域……こうしてものを書いているこのパイン材の机の一隅より他にどのような限定されたる一領域があるというのであろうか？　この一隅、この一隅の観察が与えるすべてを詳細に記述することこそ、この僕の使命なのだ。よろしかったらお試し頂きたいが、この大工用の曲尺で机の脚の高さを計ってみると、床からの高さが一メートル一五あることが確かめられる。僕としてはこれを適当なる高さであると判断したのだ。これ以上、上方へ限りなく高くなっていったとしたならば、僕の頭は平らな天井と平屋根をぶち破り、なんなく天文学的領域へと到達することであろう。又一方、下方へと向ったとしたならば、地下室へと潜るか、或は地中深く達しない場合でも赤道下の大平原にぶち当ることでもあろう。それはともかく、ここで対象として選ばれた机の一隅なるものは極めて興味深い現象を提示していることには違いないのである。銅製の灰皿、両端が青と赤の色鉛筆、エトセトラ。」

　彼がここまで語り来った時、私は堪え切れずに口をはさんだのであった。

「はい、はい、ようく存じております。第二、第三章の部分ですね。灰皿についてはこの私は何でも承知致しておりますとも。銅の様々な色合い、その比重、直径、灰皿と鉛筆と机の間の様々なる距離的関係、ブルドッグのデザイン、卸し価格および小売り価格、その他もろもろの適切なというよりは厳格にすぎるデータの数々、又鉛筆に関しては全部ゴルトファーベルの八七三で、私としてはこれ以上何か付け加えることがありましょうか。先生の記述はそれは完璧で、その上圧縮能力にお恵まれになっておられるおかげで、わずか八折り本二九頁に、どんなに詮索好きの人物といえどもこれ以上は望むまいと思われるほどに詳しく、しかも上手にお纏めになったのですから。」

ボナベーナ先生はここで顔を赤らめたわけではないのだ。慌てず休まず、再び話し手の側に戻ったのであった。

「種を蒔く手は狙いを誤またず、か。君はわが著作にどっぷりと漬かっておる。御褒美として、口頭による附録を提供するとしようか。この附録は作品そのものに関してではなく、創造者である私がいかなる細心の注意を払いつつ創作したかという点に関わっているのだ。書物机の北北西の一角に常日頃置かれている物体をば記録し尽すというヘラクレス級の大困難事――実に二一一頁を要した大仕事であった――を無事やりおおせた時点で自らこう問うてみたのだ。さて、在庫を追加すべきや否や、とね。つまり、他の品々を新たに紹介すべきか、このスポットライトの中へ新たな品を配置し、しこうしてその記述作業に取り掛かるべきや否や、とね。部屋の別の場所から、或は又この家のどこかから、この一角へと持ち来られ、否応無しに僕の対象として選ばれたそれらの品々というものは、もはや第一シリーズの場合とこと変って、自然さ、自発性というものを持ち合わせてはいないのだ。しかし、一度この一角へ配置されたら、それは現実の一部を構成するものとなり、同様の取り扱いを要求するところとなるのだよ。倫理と美学の何とも恐るべき格闘ぶりであることよ！　このゴルディオスの結び目を解いたのが、実にパン屋の配達係の忠実にして少々足りないところのある若僧の出現であったのだよ。サニチェッリ――問題の小僧君だ――が俗な言葉でいえばわがデウス・エクス・マキーナとなったのだ。その愚鈍さ加減というものがこちらの目的にぴったりと適ったわけだ。僕はまるで瀆神行為を犯す者のようなおっかなびっくりの好奇心で、その若僧に対して、今空いている件の机の一角へ何でもいいから好きな物を置くように命じたのだよ。彼が置いたのは消しゴム、ペン軸それから再び例の灰皿であった。」

「あっ、かの有名なるベータ・シリーズですね！」と急に私は大声を挙げたのだった。「それでよく判りました。あの謎に満ちた灰皿の再登場の意味が……。あそこではペン軸や消しゴムに関連した若干の記述を別とすれば、灰皿についての記述が全く同じ言葉で繰り返されておりましたね。二、三の早とちりの批評家がこれを捕えて混乱の存在などと批難したものですが……。」

ボナベーナ先生はここですっくと立ち上ったのであった。

「僕の作品に混乱の存在などありえようはずもないのだ」といかにも荘重に彼は切り出したのである。「ペン軸と消しゴムの記述は、まあ、詳しい索引程度のものと思って頂きたい。君のような読者には、その後に起った事どもをことこまかに述べる必要はないものと承知している。こう言っておけば十分であろうか……、僕は両眼を閉じ、あの若僧が物体をひとつ、ふたつ、そこに置く、しかる後一心不乱に仕事に取り掛かるという次第なのだ。理論的にはわが書は無限である。実際には、第五巻の九四一頁を片付けた段階で、長い道程の一休止というわけで、休暇を取る権利をば回復したのである＊1。それはともかく、

＊1―第六巻が著者の死後一九三九年に出版されたことは周知の事実である。

その後記述主義の趨勢は防ぐべくもなく世界各地に広がっておる。ベルギーでは『金魚鉢』の第一号の出現がやんやの喝采を以て歓迎されたが、この僕の見るところそこには正統性から逸脱するところ大なるものがあったのは事実だ。ビルマで、ブラジルで、ブルサーコで新たな活動の核が形成されたのだ。」

そろそろ会見も終りに近づいたと感じた私は、お別れを言う前に一言聞いてみたのであった。

「先生、失礼する前に最後のお願いがあるのですが……、先生の作品が記録された当の対象物をこの眼で二、三拝見いたしたいのですが……。」

「それはできない」とボナベーナ先生は言った。「それは見ることができないのだ。配置そのものはすべて、次のに取って換られる前に正確な写真に撮られはした。そうして素晴しいネガのシリーズができ上ったが、忘れもしない一九三四年の十月二六日のことだ、このネガ全部を焼却してしまったのだよ。とても悲しいことだった。だが、それにも増して悲しむべきは現物自体の破壊であった。」

私はこの時ほど落胆を感じたことはなかった。

「何ですって……」とやっとのことで声を出したのであった。「イプシロン・シリーズの黒いチェス駒も、ガンマ・シリーズの手斧の柄も壊したのですか？」

先生は悲しげに私を見つめていたが、「犠牲はやむをえなかったのだよ」と説明をはじめたのである。

「僕の作品は、丁度成長してきた子供のように自らの足で立つことがどうしても必要なのだ。現物を保存した状態のままにしておくことは、作品自体に様々な厄介事を与えることになってしまうのだ。批評家は例によって忠実性なるものを錦の御旗として持ち出し、あれこれ詮索するという誘惑に引きずり込まれることになるじゃないか。そうしてすべては単なる科学主義に堕することになるのだ。僕がこの作品にいかなる科学的な意味をも与えていないことは君も先刻承知のはずなのだ。」

　私はあわてて彼を元気付けようとした。

「もちろんですとも。『北北西』は美的創造物で……。」

「新たな錯誤だ。」彼はきっぱりと言い切った。「僕はこの作品に美的価値をも認めていないのだよ。そうではなくて、これは、いわば独特なる個有の平面を占拠するものなのである。作品によって引き起される感情、涙、喝采、しかめっ面などというようなものには一切関心がないのだ。教え、感動させ、楽しませるなどということも全然念頭にはないのだ。わが作品は遙か彼方を目指すのだ。いと謙虚にしていと高き宇宙における一点としての存在をば目指すのだ。」

　両肩の間で彼の頭は微動だにしなくなった。両眼はもはや私の方を見つめてはいなかった。私は訪問が既に終了したことを悟ったのである。退散するに如くはなし。あとは沈黙あるのみ《ザ・レスト・イズ・サイレンス》。

絶対の探究

まことに残念至極ではあるが、ラプラタ河流域の人々の眼はヨーロッパに釘付けになっており、自国における真に価値あるものの存在を蔑むか或は又無視する傾向にあることは否めない事実である。ニーレンシュタイン・ソウサの場合もその例に漏れないのだ。フェルナンデス・サルダーニャは『ウルグアイ人名辞典』を編纂するにあたって彼の名前を項目から除外したし、あのモンテイロ・ノバートさえその活動期間を一八七九年から一九三五年に限定し、以下の如き名の知れわたった諸作を列挙するに止めているのである。『恐怖の平原』(一八七九年)、『トパーズ色の夕暮れ』(一九〇八年)、二、三のコロンビア大学准教授クラスの人々の称讃を博したシャープな仏文による論文『スチュアート・メリルの作品と理論』(一九一二年)、『バルザックの〈絶対の探究〉における象徴主義』(一九一四年)そして野心的なる歴史小説『ゴメンソーロの領地』(一九一九年)――事実、著者は死の間際にこの著作を否認しなければならなかったのだ――以上の通りである。ノバートの簡潔なる叙述の中に、ニーレンシュタイン・ソウサがたとえ無言の傍聴者としてであれ頻繁に顔を出した、世紀末パリにおける仏伯合同の文学夜会についての記事や、私H・B・D自らが友人達のリーダーとなって死後に拾集編纂の上、一九四二年に出版にまでこぎつけた雑録『骨董品』についてのいささかの記述を探し出そうとしても徒労に終るのが落《オチ》であろう。又、カチュール・マンデス、エフレム・ミカエル、フランツ・ヴェルフェル、ハンバート・ウルフの作品について、常に忠実とは限らないがかなり立派な翻訳が、彼の手によって残されている事実さえ見過されている現状なのである。

御承知の如く、彼の教養は極めて広汎多岐にわたっていた。家族の言語であるイディッシュ語がチュートン文学への橋渡しを行ってくれた。プラーネス司祭が涙なしのラテン語を教えてくれた。フランス語をその文化と共に吸飲し、英語は、メルセデスにあった英国系のヤング塩漬け工場で支配人をしていた伯父から受け継いだのだ。そして又オランダ語の意味を何とか解した彼は、ブラジル・ウルグアイ国境のリンガフランカ語も当て推量することができたのだった。

『ゴメンソーロの領地』の第二版を印刷に出し、ニーレンシュタインはフライ・ベントスの地へ隠栖した。メデイロ家からその古い邸宅を借り受け、ライフワークの丹精をこめた制作に没頭したのであった。だがその原稿も唯の一枚として残されてはおらず、名前さえも判明してはいないのである。一九三五年のある暑い夏の日に、彼の地において運命の女神アトロポスの鋏がわが詩人の至難に満ちた課題ともども学僧の如きその生涯の糸をば断ち切ることとなったのである。

それから六年経ったある日のこと、あらゆる事に首をつっこみたがり、当然文学についても一家言を有するわが『ウルティマ・オーラ』紙の編集長から例の大作の残骸を現場において調査するという、探偵じみたというか敬虔そのものというか、そういった役目を仰せ遣った私は早速に旅仕度を急いだのであった。新聞社の会計係はいつものことながら少しばかり嫌な顔をした後で、ウルグアイ河を遡る船賃を支払ってくれたのだ。願ってもないことであった。フライ・ベントスに着いたら友人の薬剤師ドクトル・ジバゴがいろいろと面倒を見てくれるだろう。私としてはアルゼンチンから初めて出国することになる旅行であったため、周知の不安で――どうして隠す必要があろうか――この胸が一杯になっていたのである。地図でいろいろと調べてみても気を落着けることにはならなかったが、同船の一人が、ウルグアイの人々はわれわれと同じ言葉を巧みに操っているのですよと慰めてくれたことが、私の気持をやっと落着かせることになったのであった。

われわれ一同が兄弟分のこの国へ上陸したのは十二月二九日のことであった。翌三〇日の朝、カプッロ・ホテルにおいて、ジバゴを相手に、最初のウルグアイ・ミルクコーヒーを飲したのである。公証人だという男が会話に加わってきて、次から次へと洒落を飛ばしながら、わが愛すべきコリエンテス通りにたむろする冗談好きの連中もよく心得ている例の行商人と雌羊の話を聞かせてくれた。二人は陽がさんさんと照り輝いている街路へ出たが、わざわざ乗物を利用することもなかろうというので、街々の目を見張らせるばかりの発展ぶりに驚きながら三〇分程歩いたと思ったら、もう詩人の館へと辿り着いたのであった。

所有者のドン・ニカシオ・メデイロは軽く一杯のアルコールとチーズ菓子を配った後、いついつまでも新しくそして愉快なオールド・ミスとおうむの小咄を聞かせてくれたのだった。メデイロの語るところによれば、屋敷の方はパートの左官によって修繕されたが、故人の書庫は一時的な資金難のために改装を見合わせており、前のままに手を触れないでおいてあるとのことであった。事実、パイン材製の書棚の中には書物が一杯につまっていたし、仕事机の上にはインキスタンド越しにバルザックの胸像が物思いにふけっており、壁には又、家族の写真に混じって、ジョージ・ムーアの肉筆サイン入りの写真が飾ってあったのだ。眼鏡をかけなおした私は早速埃っぽい書籍類をくまなく調べはじめたのだ。案の上、そこにあったのは、かつて全盛を極めた『メルキュール・ドゥ・フランス』誌の黄色の背をみせて並んだ揃いのシリーズ、そして世紀末サンボリストの手になる主要作品群ならびにバートン版『千夜一夜物語』の不揃いの数巻、マルグリット・ドゥ・ナヴァールの『エプタメロン』、『デカメロン』、『ルカノール伯爵』、パンチャ・タントラのアラビア版『カリーラとディムナ』そしてグリム兄弟の童話集であった。ニーレンシュタインの手で書き込みの加えられた『イソップ物語』が私の眼を逃れるはずもなかった。

メデイロ氏は私が仕事机の引出しの中を調べることを許可してくれた。それから二日間の午後をこの作業に費したのである。その際転写した原稿の内容についてはここではあまり触れるつもりはない。洋書刊行会が一般読者に対し公開に踏み切ったばかりのところだからである。パンタローネとコロンビーナの田園詩、モスカルダの波瀾万丈の物語、賢者の石を求めるオックス博士を襲う試練の数々、といった物語群はいまやラプラタ河流域の読書界において確固たる地歩を占めつつあるのである。スタイルが凝り過ぎているとか、やたらに折句があったり脱線したりするなどと批難するのは一部酷評家に限られているのだ。とはいえ、これら彼の手になる小品の類は――『マーチ』誌の極めて口煩い批評家が折紙を付けるほどの長所を備えているにもかかわらず――われらの好奇心の的となっている、件の大作の一部を構成するものではなかったのである。

マラルメのある一冊の最後の頁にニーレンシュタイン・ソウサの手で次のような書き込みがあるのを発見することができた。「あれほど絶対の探求に憑かれていたマラルメが、最も不確かで移ろいやすい言語にそれを求めたのは奇妙なことだ。その含意は変化するし、いかに歴然たる言葉であっても明日はつまらぬ壊れやすい言葉となってしまうのだ。こんなことは誰もが承知していることなのに。」

又、次から次へと三種類に書き換えが行われたアレクサンドランの一行も転写することができた。草稿ではこのように書かれていたのだ。

人はただ思い出のために生き、一切は忘却されるのだ。

『フライ・ベントスのそよ風』——これは業界誌の一種といってよいものだが——においては次のような表現となっている。

ことどもが記憶さるるはただ忘却のため。

又、『ラテンアメリカ六詩人によるアンソロジー』に収載された決定稿によれば次の通りである。

記憶はその含蓄をば忘却へと差し出すのだ。

われわれの手元にあるもうひとつの収穫例は次のような十一音節詩句である。

かくてわれらはただ失われしものの中に生き存えん。

これが印刷された時は以下の通りである。

時の流れにつつまれて永続するか。

いかに迂闊な読者といえども、両例とも決定稿よりも草稿の方がずっと優れていることにお気付きであろう。この問題は私の好奇心をいたく刺激するところとなったのだが、残念ながらこの難問の核心に到達するまでにはかなりの時間を必要としたのであった。

いささか幻滅の悲哀を噛みしめながら帰路に着いた次第である。取材旅行の費用を弁じてくれた新聞社のボスは一体何というであろうか。フライ・ベントスから同船の一人は先程から私のそばに終始まとわりついているが、名前も不明なこの男は私の沈み勝ちな気持ちを少しも引き立ててくれはしなかったのだ。この男とは同室になってしまったが、彼は、そのほとんどが下卑てしかもどっきりするような内容の小咄を、次から次へと私の耳もとへあびせかけるのであった。私としてはニーレンシュタインについてひとり思いをめぐらしたいと望んでいたのだが、このしつこい話し手は一時の休憩も与えてくれはしないのであった。明け方近くになった頃、私はもう船酔いと眠けと倦怠の入り混じった頭のこっくり運動を繰り返すばかりであった。

近代潜在意識学に反撥し批難する人々は容易に信じようとはしないであろうが、南埠頭《ダルセナ・スール》税関へ向けて渡り板を降りたその時、あの謎の答がふいに与えられることとなったのであった。例の名無し男に向って、その恐るべき記憶力を誉め称えこのように尋ねてみたのだ。「そんなにたくさんの話をどこから仕入れて来たのかね、友よ。」

その返事は私の唐突な疑問を追認するに十分なものであった。彼が語ったところによれば、どの話も、正確にはその大部分がニーレンシュタインの話してくれたものであって、残りの少々が故人のごく親しい友人であったニカシオ・メデイロの口から出たものである、とのことであった。さらに付け加えるに、はなはだ奇妙なことながらニーレンシュタインは極めてまずい話し手だったということであり、それを聞いた隣人達が徐々に改良を加えていったというのである。今やすべては明らかとなったのだ――絶対的文学に向けられたこの詩人の渇望、言葉の非永続性についての悲観的な観察、改版のたびに改悪される詩行、その書庫におけるサンボリスムの絶妙無比なる諸著作並びに純粋に物語のジャンルに分類される諸冊という二系列の存在……、驚くことはないのだ。彼ニーレンシュタインは、ホメーロスから百姓小屋の炉辺を経て紳士諸君の集うクラブにいたるありとあらゆる領域に広くゆきわたっていた、話を案出し或はそれを聞いて楽しむという普遍的なる伝統をば回復したにすぎないのだから。彼は折角考え出した素晴しいネタをなるべくまずく話し聞かせたのだ。なぜなら彼にははっきりと判っていたのだ。もしそのネタに価値ありとせば、『オデュッセイア』や『千夜一夜物語』の例に見る通り、時がそれを磨き上げてくれるということを。揺籃期における文学そのままに、ニーレンシュタインは己れの精神活動を口伝にのみ限定したのであった。あとは歳月がすべてを書き記してくれることを信じつつ。

新自然主義

描写主義《デスクリプシオニスモ》―記述主義《デスクリプティビスモ》論争が〈文芸附録〉やその他の書評紙の第一面を飾らなくなって久しいが、このことはわれわれに安堵の胸を撫で下させるものである。シプリアーノ・クロス（イエズス会）の詳細なる論証の後では、冒頭のまぎらわしい二語のうち前者が小説の分野にしっくりと当てはまる用語であり、後者が様々なジャンル――当然、詩、美術、批評等が含まれる――すべてを包含する用語であることを無視することは、何人にも許されないのである。それにもかかわらず未だに混乱は続いており、真理の敬愛者の呆れ顔をよそに、ボナベーナの名前とウルバスの名前を関連付けたりする人が時には現れ出たりするのである。又、多分その荒唐無稽さ加減で人を楽しませようというのであろうが、イラリオ・ラムキンとセサル・パラディオンというような無関係の関係を性懲りもなく捏造し続けるような種類の人々も後を絶たないのである。この種の混乱は見掛け上の類似性と用語自体のまぎらわしさに起因するところ大であるが、上等な読者にとってはボナベーナの一頁は依然としてボナベーナの一頁であり、ウルバスの作品はウルバスの作品なのである。文筆家たちは――いかにも外国人に限られるが――わがアルゼンチンの記述主義一派の戯事振りを喧伝しているのは事実である。自称エコールの指導者たちと委曲を尽して対話するといった種類の権威筋の他には、これといって頼るべき権威を持たない慎しやかなわれわれとしては、このエコールなるものがそもそも構造的な運動とか毎週開かれる文学的夜会といった類のものではなくして、先駆的な個人個人がたまたま同じ動きを見せたにすぎないものであることを確認するに止めたいと思うのである。

さて、この不可解事の奥深くわけ入ってみよう。この胸ときめかせる記述主義の小世界を垣間見るにあたって、われわれに手を差し伸べる最初の人は、お気付きのことでもあろうが、ラムキン＝フォルメントその人なのである。

イラリオ・ラムキン＝フォルメントの運命はまことに奇妙なものであった。彼の作品は一般にごく短いもので、平均的読者の興味をそそるような種類のものではなかったが、それを持ち込んだ編集者のところではいつも客観的な批評家という風に彼を分類したのであった。つまり称讃とも批難とも全く無縁なところで註釈の仕事をする人と判断されたのである。しばしば本――当の批評の対象となっている本である――の帯を飾っている常套句そのままの引き移しにすぎなかった彼の批評文は時が経つにしたがって、書物の体裁、サイズ、重量、印刷、インキの質、紙のしみ具合や匂いにいたるまで詳細に記述するようになっていった。それから一九二四年から二九年までの六年間というものラムキン＝フォルメントは、栄光からも悲惨からも遠く離れて、雑誌『ブエノスアイレス年報』の目立たぬ頁へ寄稿しながら過したのである。最後の年の十一月、翻然として寄稿家としての仕事に終止符を打った彼は、『神曲』の批評研究に身を捧げるところとなった。七年後に死が彼を襲ったが、その時既に、その名声の根拠となるはずであった、又現実にそうなったところの、それぞれ〈地獄篇〉、〈煉獄篇〉、〈天国篇〉と名付けられた三部作が完成していたのであった。しかし少数の同僚たちも一般の人々同様事態の変化には気付くことがなかったのだ。ブエノスアイレスがその独断的なる眠りから睡気眼をこすりつつ目覚めるためには、H・B・Dという署名で箔をつけられた声高な警告文の出現を必要としたのである。

果しなく蓋然性に富むH・B・Dの仮説によれば、ラムキン＝フォルメントはチャカブーコ公園の露店において、十七世紀文献目録中の雪片に譬うべき書『賢人の旅』の頁をめくったことになっている。その第四部はこのように伝えているのだ。

……かの帝国においては、地図作製術その極に達し、一省の地図一市を被い、帝国の地図一省を被いたり。時の経過と共に、かかる法外なる地図にても満足せざる人漸増し、地理院の着手せる帝国図は帝国各点と大いさにおいても厳密に一致せる地図として結果せり。地図学にさほどの興味抱かざりし後代は、かかる広大なる地図無用なりと判断し、冷酷にも酷烈なる太陽と厳寒の下に放置せり。帝国西部の沙原には寸断されたる地図の断片処々に飛散し、唯獣類《けもの》、乞食《こつじき》の住処となるのみ。帝国にかつての地図学の隆盛を偲ばせるものさらに無し。

ラムキンはここでもその明敏なる頭脳をフルに働かせつつ並み居る友人たちを前にして以下のような所見を披瀝したのであった。実物大の地図を作製することには極めて大きな困難が伴うものだが、同種のプロセスを他の領域、例えば批評などに適用できないというものではないのだ、と。幸先のよいこの瞬間から『神曲』の地図を作製することが彼の生涯の課題となったのである。初めのうち彼はディーノ・プロベンサルの著名なる版本を飾っている地獄圏、煉獄の塔、同心円的天空の陳腐なる小図を発表する程度のことで満足していたのであった。だがそのうちに、彼の完全を求める心性はこの程度のことでは我慢がならなくなったのである。どうしてもダンテの詩が、把み取ろうとするその手から水の如くに逃げてしまうのだ！　第二の啓示が――それは再び数々の労苦と長期にわたる忍耐を彼にもたらすことになるが――彼を一時的な無気力状態から救い上げたのだ。一九三一年の二月二三日にその脳裏に閃いたのは、詩の記述が完全であるためには、丁度あの有名なる地図が帝国の各点と一致していたように、詩の記述が詩の各語と厳密に一致していなければならないという考えであった。そして熟慮を重ねた末、序文も註記も目次も出版社の名前も住所も付けないで、ダンテの作品そのものだけを印刷所へとまわしたのであった。かくしてわが首都に最初の記述主義の記念碑が打ちたてられたのだ！

論より証拠、批評におけるこのような最新式の離業をば、その名も高き彼のフィレンツェびとダンテ・アリギェーリの手になる『神曲』の最新刊のひとつであるかのごとくに思いこんだり、あるいは思いこむふりをしたりする書斎に巣くうネズミ連なる存在には事欠かなかったのである！　かくして詩神は邪な心によって崇められたのだ！　かくして批評は不当に貶しめられたのだ！　それ故図書販売協会が――一説によればアルゼンチン文学アカデミーであるとのことでもあるが――わが国民の一人によるかくも偉大なる解釈学上の努力をみだりに模倣するが如き行為をブエノスアイレス市域において厳しく禁じた時、すべての人々がこぞって賛同するところとなったのである。しかしながら実害がこのようにして発生している一方、混乱は雪だるま式に大きくなり、ラムキンの分析とかのフィレンツェ人の描いたキリスト教的終末論という、ふたつの全く異った作品の同一性を頑固に主張する専門家までが現われる始末なのである。又、複写という相似た方法が採用されているように見えるという単なる蜃気楼に眩惑されて、ラムキンの作品とパラディオンの目もあやなる作品との関連性を云々するような輩も存在するのであった。

さて、ウルバスの場合となるとやや別の様相を呈しているのである。この若い詩人は——今日では名声を受け入れてはいるが——一九三八年の九月当時は全く無名の存在であった。この年デスティエンポ社が主催した詩コンクールの権威ある審査員席に陣取った錚々たる文学者の面々が、彼を檜舞台へ連れ出すことになったのである。コンクールの課題は御承知のように古典的にして永遠なる薔薇であった。諸々のペンが功を争い、名のある詩人連もむらがり集った。そしてアレクサンドランはたまた弱強五歩格に鍛え上げられた園芸学的論述の数々が称讃の対象となったのである。しかしウルバスが提示したコロンブスの卵の前にはすべてがその顔色を失ったのだ。ウルバスが銜わず臆せず差し出したのは薔薇そのものに他ならなかったのだ。一人として異を称える者はいなかった。人間の人工的なる娘、言葉は、神の娘、天然の薔薇には勝つことができなかったのである。卒直なる功績に対しては一挙に五十万ペソが授与されたのであった。

さて、ラジオ聴取者やテレビ視聴者、それに飽きもせず毎朝の新聞に見入っている人々、はては分厚い医学年鑑のたまさかなる読者にいたるまで、多くの皆様方はわれわれが未だにコロンブレスの名を引合に出さないでいることに対し、いささかいぶかしく思っておられるに相違ない。われわれとしては、しかし、あのエピソード——それは赤新聞お気に入りの事件なのだ——が大変有名になったのは、内容の重要性によるというよりも、むしろタイミングのよい救急車の出現並びに〈黄金の腕〉ガスタンビーデ博士が揮った救急手術の手際よさのせいなのだ、と考えていることを隠すつもりは毛頭ないのである。あの事件は――誰が忘れようか――すべての人々の記憶に未だ生々しい痕跡を残している。件の事件が起ったのは美術会館が開館された一九四一年のことなのだ。これを記念してアルゼンチン領南極地区とパタゴニアを対象とした作品に対し特別賞を与えることになったのである。流氷の抽象的にして具体的なる解釈を定型詩に読み込んで、見事栄冠を勝ち取るところとなったホプキンズその人についてはこの際触れないでおこう。ここでの眼目は実にパタゴニア部門の方にあるのだ。それまでイタリア・ネオ・イデアリズモの錯誤に満ちた最先端を突っ走っていたはずのコロンブレスが、この年は通気孔を完備した木製の大きな箱をコンクール会場に運びこんだのである。主催者側の役員が箱の戸を開いてみると、元気溌剌たる緬羊が飛び出し暴れて審査員の先生一人、二人の太腿をば角で突く一方、山育ちの身軽さからすばやく逃げ切ろうとした、画家にして羊の飼育者たるセサル・キロンの背中にも一撃を加えたのであった。架空的なるポンチ絵どころではない、この羊こそはオーストラリア原産のしかも立派な角を備えたランブーイエ・メリノ種の雄羊に他ならなかったのである。その威力は被害者それぞれの当該部位にはっきりと刻印を残しているのである。いささかどぎつく荒々しい側面があったとはいえ、この毛の塊りはウルバスの薔薇同様、単なる芸術的想像の精緻なる産物などではなくして、疑いえぬ実在的な生物種なのであった。

われわれの耳には届かぬある理由から、被害を受けた審査員一同は、コロンブレスの芸術家精神があれほど舌なめずりしつつ眼前に想い描いていたところの賞金をば、きっぱりと拒絶したのであった。しかし農業博覧会の審査員の方はより公正で度量の広いところを示し、件の羊にチャンピオンの称号を与えるにやぶさかではなかったのだ。この事件が起ってからというもの、善良なるアルゼンチン人は誰でも、この羊に対して暖い祝福の言葉を浴びせかけたものである。

以上のようなディレンマにはまことに興味深い意味が匿されている。もしも記述主義的傾向が今後ともさらに発展していくとするならば、芸術は自然という祭壇の犠牲《いけにえ》とならざるをえないだろう。トマス・ブラウン卿がつとに語っているように、自然は神の芸術なのである。

ローミスの様々なる書目とその分析

フェデリーコ・フアン・カルロス・ローミスの作品に関し、現代というふざけた無駄口に満ちあふれ無理解な戯言の飛び交うこの時代が完全に忘却の彼方へ押しやっている、という事実を確認することはまことに御同慶の至りである。一九〇九年頃、レオポルド・ルゴーネスとの間で図らずも闘わされた論争にしても、又その後誕生間もないウルトライスモの指導者たちとの論争にしても、今では誰一人として思い出そうとする人はいないのである。本日ここでローミスの詩の全体像をありのままの姿で納得のゆくまで検討する機会に恵まれたことは幸せとせねばなるまい。バルタサール・グラシアンが正確無比にして常に新しい名句〈名文は短くあれば二倍良し〉——これは又フーリオ・セハドル・イ・フラウカの教えに従えば、〈短文は短くあれば二倍短し〉となるが——を吐いた時、ローミスの出現を予言していたとでもいえようか。

それはそれとして、今世紀の最初の十年間においてルゴーネスが『感情の暦』を通じて称揚し、そして再び二〇年代において前衛的雑誌『プリスマ』、『プロア』等々によって称揚された陰喩の表現力というものに対し、わがローミスが常に変らず不信の念を表明し続けてきたことは否定しえない事実である。気鋭の批評家諸氏に挑戦してみたいのだが、ローミスの全作品のどこをとってみても——もともと語源的に当然含まれている場合を除いてだが——ただひとつの陰喩さえも掘り出す（コレクターの用語を借用するならば）ことが可能かどうか一度試して頂きたいものである。夕暮れと乳色の夜明けというふたつの薄明を股いで開催されるのを常とした、あのパレーラ街における談論風発せる文学的夜会の想い出を、心の一隅にまるできらめく宝石箱のように仕舞いこんでいる人なら誰でも、あの疲れを知らぬ酷評家ローミスが、ひとつのことを言うためにそれを他の言葉に置き換えねば気のすまぬメタフォリスト連中に対して浴びせかけていた、毒気に満ちたからかいの言葉を容易に忘れ去ることはできないのである。その悪口の数々は、しかしながら、ローミスの、作品そのものに対する厳しい考え方から容易に推測されるように、決して口頭の領域を逸脱するものではなかったのである。彼は口癖のように尋ねたものである。月という言葉は、マヤコーフスキーが弄くりまわした〈小夜鳴き鳥の茶〉よりも、イメージ喚起力において一段と優れてはいないだろうか、と。

答に耳を傾けるというよりむしろ、すぐ質問が口をついて出るといった才能に恵まれたローミスは又、サッポーの断片やヘラクレイトスの汲めども尽きせぬかの一文が長年月の間に解釈され肉付けされてきた内容の豊かさというものには、トロロープやゴンクール兄弟やトスタードらの、記憶の手にある厖大なる著作群といえどもとても足元には及ばないのではないかと問いかけるのである。

パレーラ街における土曜の集いの勤勉なる定連の一人は、ジェントルマンとしての魅力に加えるにアベジャネーダ辺りに一軒を構えていることでも同様に魅力的であった、ヘルバシオ・モンテネグロその人であった。他人のことには全くといっていいほど無関心なブエノスアイレスのような大衆化社会の有様のせいか、セサル・パラディオンは――その動向についてはわれわれがよく知りつくしている――決してこの会に一度たりとも顔を見せたことはなかったのだ。パラディオンがもし先生と打々発止とやりあっていたとしたならば、皆はどんなにか強い感銘を受けたことでもあろうか。一、二度ローミスは近々彼の作品を、あの広く門戸を解放している『ノソトロス』誌上に発表する旨われわれに宣言したことがある。若さと熱情に満ちあふれたわれら使徒達は、師がかねがね約束してくれていたところの珍味の一口をわれ先に味わわんものと、焦燥にかられラジュアヌ書店へ押しかけたが、今でもその時のことをありありと思い出すことができるのだ。しかし期待は常に裏切られたのである。ある者はペンネームを使用したのではないかと推測した。(エバリスト・カリエゴという署名がそれなのだと疑われたことが一度や二度ではない。) 何か冗談が演じられているのだと勘ぐる向きもあれば、われわれの無理もない好奇心から身をそらし、時間をかせぐために詭策を弄したのではないかと考える者もいた。その名を思い出すのも不快だが、やはりここにも一人のユダがいたのである。彼は『ノソトロス』誌の編集者であるビアンチ或はヒィウスティがローミスの寄稿を没にしたのではないかと邪推したのである。掛値なしの真実の人であるローミスは自らの教えに極めて忠実なのであった。彼は笑みを浮かべつつ、諸君の気付かないような形で作品は既に発表されたのだと繰り返すばかりであった。さんざん思い惑った末にわれわれは、定期購読者や早急にお目にかかりたくて図書館や書店、或は売店へと殺到した読者の手の届かないところで、秘密の増刊号が発行されたのに違いないと判断せざるをえなかったのである。

一九一一年の秋にすべては明らかとなったのである。モエンのショーウィンドーに後に作品第一と呼ばれることになる作品が堂々と姿を現わしたのである。何故にいまこの場において、作者自身の命名になる適切にして卒直なる題名『熊』に言及しないでおられようか。

これが出たばかりの頃は、ローミスがこの作品を完成するためにどんなにか骨の折れる準備作業を先行させていたかを理解した人は、ほとんどいなかったのである。例えば、ビュフォンやキュビエによる博物学的著作の研究、研究心にあふれ繰り返し繰り返し訪れたわがパレルモの動物園、ピエモンテの住民たちとの興味津々たる対話の数々、子熊がその侵すべからざる冬の眠りをむさぼっているアリゾナの洞穴への寒気を催させる、だが多分に真偽のほど疑がわしいところのある降下、そして銅版画、石版画、写真類から成獣の剝製標本にいたる収集の数々……。

作品第二にあたる『寝台』の準備のためには、様々な困難と危険の伴う奇妙な実験を身をもって体験しなければならなかったのだ。ゴリーチ街のスラム長屋に入り込んで約一ヶ月半というもの貧乏暮しを経験したのだが、隣人たちはリュック・デュルタンという偽名でその窮乏と歓びをわかちあって暮したこのポリグロットの正体については、決して疑いを差しはさむことがなかったのである。

『寝台』はカオの鉛筆画の挿絵付きで一九一四年十月に発表された。遠くで轟く砲声に気をとられた批評家たちはこの作品について少しも思いをめぐらすことはなかったのである。同じことが又『ベレー《ボイナ》』（一九一六年）についても起ったのだ。ある種の冷たさを感じさせる作品だが、それは多分読者に厄介なバスク語の知識を要求するせいなのかもしれない。

『薄皮』（一九二二年）はボンピアーニ百科辞典がローミスの第一期（後にこう呼ばれるようになったのだ）の代表作と太鼓判を押したにもかかわらず、彼の作品中最も知られていないものに属する。彼にこの作品を暗示した、というか、課するところとなったのは、一過性の十二指腸病なのであった。ファレル・

デュ・ボスクの博学なる調査研究によれば、一般に潰瘍性疾患に効くという風に莫然と信じられている牛乳が、この現代農耕詩の貞潔にして純白なる美の女神であったということである。

召使い部屋の屋上にしつらえた天体望遠鏡と、フラマリオンの名高い著作の激しくも無軌道なる研究が第二期を準備するものとなった。『月』(一九二四年)はローミスの最高の詩的達成と評される作品で、パルナッソスの大扉を堂々と押し開くに足るものであった。

その後、数年の沈黙が続く。もはやローミスは会にも顔を出すのを止めた。絨毯を敷きつめたロイヤル・ケラーの地下室で、掛け声よろしくリクエストする陽気な進行係でもなくなったのだ。彼はパレーラ街から一歩たりとも外へ出ることがなくなった。屋上では独り淋しく見捨てられた望遠鏡が錆びついていた。夜毎、夜毎、フラマリオンの二つ折本はむなしく主を待つばかりであった。ローミスは自宅の書庫に籠り切りとなり、グレゴロヴィウスの『哲学及び宗教の歴史』の頁を繙いていたのである。いたるところ疑問符と欄外の註と書き込みの類で真黒になるほど熱心に読み耽っていたのである。弟子達はこれらの註記を編纂出版したいものだと考えたことでもあったが、もしそうしていたならばローミス先生の主義主張を註釈者の精神ともども踏みにじることになっていたことであろう。まことに残念至極ではあるがあきらめざるをえなかったのだ。

一九三一年のこと、彼としては初め単なる便秘と気にもかけていなかった体の不調が、その実赤痢の前駆症状であることが判明したのであった。しかしながらローミスは、その悲惨なる肉体条件にもめげず、代表作の完成にこぎつけることができたのである。この作品は死後出版されるところとなり、われわれはその校正作業に携るという物悲しい特権を享受したのであった。諦念と皮肉から『たぶん？』と題された、かの有名なる一本について語っていることに気付かない読者というものが果しているであろうか。

他の著作家の場合には、内容と書名との間には分裂というかある種の亀裂が存在するといわねばならない。アンクル、トムの、小屋、という一連の単語はそのままこの小説の荒筋の詳細を明らかにするものではない。ドン・セグンド・ソンブラ、と発音することも又、角、額、脚、背、尻尾、鞭、乗鞍下布団、乗鞍、上掛け、毛皮布団等々のこのグイラルデスの作品の本体を構成する様々な要素それぞれを指し示すことにはならないのである。それにひきかえローミスにおいては、書名が即ち作品なのである。読者は両要素の厳格なる一致を驚きの眼をもって認めるにいたるのだ。例えば『寝台』の本文はただ一語、寝台、で成り立っているのである。お話、形容辞、陰喩、登場人物、サスペンス、脚韻、頭韻、社会的な掛かり合い、象牙の塔、アンガジュマンの文学、レアリスム、独創性、古典の隷属的な模倣、そして文構成そのものをも含む一切合切が、完全に手を切られているのである。文学よりも算術の才に長けたある批評家の意地の悪い計算によれば、ローミスの作品は次の六つの単語から成り立っているという。即ち、熊、寝台、ベレー、薄皮、月、たぶん、の六語である。それはその通りであろう。だがしかし、これらの単語の背後ではこの芸術家の手によって何という豊富な経験、何という情熱、何という充満が蒸溜しさられたことであろうか。

誰もがかくの如き師の高説をば十分に理解していたとは言い難かった。自ら弟子を名乗った一人の男の作品『大工箱』は、小刀、ハンマー、のこぎり、その他その他、を列挙したに過ぎぬ代物で、鶏が飛行を試みたかと思わせるような作品であった。より危険なのはむしろカバリスト・グループと称する一団の人々で、彼らは師の残した六語を組合わせ、困惑と象徴に満ち満ちた謎めいた一文を作り上げたのだった。よい意味で議論の対象となるのは、*Gloglocioro, Hröbfroga, Qul.* の著者であるエドゥアルド・L・プラーネスの作品であるように思われる。

熱心な出版社数社がローミスの作品を各国語に翻訳出版する企画を立てた。しかしローミス本人はその懐具合を無視して、必ずや金庫を金貨で一杯にするはずのこの種のカルタゴ風な申し出をにべも無く拒絶したのである。現代の如き相対的否定の時代にあって、われらが新しきアダム、ローミスは誰にでも容易に理解できる、飾り気のない直截的なる言葉に対する信仰をはっきりと表明したのである。ローミスにとっては、ベレーと書くだけで民族的な意味合いすべてを伴った、例の地方的なる着用物の一切を表現するに十分だったのである。

師ローミスの光輝く足跡を辿ることは容易ではない。神々がもしも一瞬たりともその能弁と才能とをわれらにお授け下さるとしたならば、われらはここまで書き来った事どもすべてを消し去り、ただ唯一にして不滅の言葉一語を書き記すに止めるであろう。それは、ローミス。

抽象芸術

その信条、政治的立場の如何を問わず、すべてのアルゼンチン国民の自尊心を傷つける恐れなしとしないが、旅行者が一度は訪れようと考えるに違いないわがブエノスアイレスの如き大都会にも、この一九六四年という時点において唯ひとつのテネブラリウム、あのラプリダ通りとマンシッジャ通りの合流点に存在するテネブラリウムひとつしか自慢しえないという事実は卒直に認めなければならないのである。しかしながら、翻って考えてみる時、それが存在すること自体極めて称讃に価する努力の結果であり、それは又わが国全土を被う後進性という名の支那の長城に対する真の突破口にもなりうるのではないか、と考える次第である。眼識鋭く視野も広い二、三の観察者は、わがテネブラリウムがアムステルダム、バーゼル、パリ、デンバー（コロラド州）、死都・ブリュージュ等々に存在する先輩格のそれと肩を並べるには程遠い存在である旨、世人が聞き飽きるほど匂わし続けている。この種の微妙なる問題については首を突っ込むことなしに、ここではウバルデ・モルプルゴに対し敬意を表明するに止めよう。モルプルゴの声は砂漠の只中において、月曜を除く毎日、夜の八時から十一時まで響き渡っているが、その際彼は、もちろんのこと、選ばれたる信徒の群——その中味は規則正しく入れ替るが——によって取り囲まれてはいるのだ。二度ばかりこの晩餐会に出席したことがあるが、その際かいま見た顔ぶれは、モルプルゴ自身を別とすれば常に入れ替っていたようである。ただし参加者一同の熱心さというものはいつでも変ることがなかったといわねばならない。ナイフやフォークのかなでる心地よい金属音や、折節響きわたるコップの割れる大きな音とかが未だに耳の底に残っているのである。

前史を調査研究してみたところによれば、この歴史上のエピソードは他の例に漏れず、やはりパリをその発祥の地としている。先駆者——前輪を導き転がし続けたヘッドライトとでもいうべき人物は、御承知のように、かのフランダース或はオランダの人フランス・プレトリウスその人なのであった。プレトリウスはその昔幸運なる星に導かれて、サンボリストたちの集まるカフェーに顔を見せるところとなったが、このカフェーというのが、今では正当にも忘れ去られてしまったヴィエレ＝グリファンがたまに顔を出していたところであったのだ。一八八四年という遠い昔の一月三日のことである。あちこちインキだらけになってはいたが、次代を担う意気込みだけには欠けるところのなかった文学者の卵連中が、印刷所から刷り上がってきたばかりの雑誌『休息地』をめぐって侃々諤々と芸術論を闘わせていたのであった。ここはカフェー・プロコプである。気取ったベレー帽の男が雑誌の一隅に印刷された文章を一方の手で指さしつつ高々とふり上げている。もうひとりの髯をはやした男はせっかちそうに、著者が何者であるかわかるまでは安んじて眠ることはできないと繰り返し宣言している。又三番目の男は海泡石のパイプの先で、はにかみほほ笑んでいる禿頭の男——彼はカフェーの隅の方で総《ふさ》々とした赤い髯の中へ身を埋めるようにしてひとり物思いに耽っていたのだ——の方を指さしている。この謎の人物の仮面をば早速に剝がねばならない。皆があっけにとられて見たり指さしたり振り向いたりしているこの人物こそは、先にも一寸触れたフランダース或はオランダの人フランス・プレトリウスその人に他ならなかったのだ。彼の書いた文章というのはごく短い文章で、干涸びた文体はまるで試験管かレトルトを連想させるものがあったが、その命令的な口調がたちまちにして追随者を獲得するところとなったのである。半頁に一個の割合でギリシャ・ローマ神話からの直喩が見い出される、ということはないのだ。著者はただ学者的なる慎しやかさをもって、基本的なる味は、酸い、塩辛い、無味、苦い、の四つに限られることを述べているにすぎないのである。この思想は様々なる論争に火をつけることになるが、ついには酷評家ひとりに千人の帰依者という割合で落着くのである。一八九一年には彼プレトリウスは、今や古典の地歩を占めている『様々なる味覚』を出版する。ここで一言しておいたほうが適当と考えるが、先生はその持前の円満なる人格の故に、匿名の投書による多数の非難に対しすぐさま譲歩するところとなり、元のリストに第五の味〈甘い〉を付け加えるのである。リストに入れるには物足りないという理由で、長い間彼の眼識から逃れ通してきていたものなのであった。

翌九二年になると、カフェー・プロコプの定連のひとりであるイスマエル・ケリードが、パンテオンの後方に今では伝説的存在と化した建物〈五大味覚〉の門戸を開放した、というよりは窓を開いて人々を招き入れたのだった。その場所はとても親しみやすく慎しやかな感じのする場所であった。少額の入場料を払いさえすれば、お客は五種類の味――砂糖の塊り、アロエの小立方体、綿のウエハース、ザボンの果皮のかけら、そして塩の粒――から一種を選ぶことができるのであった。つい先日、港町ボルドーに居住するさる愛書家のコレクションに接する機会に恵まれたが、その際お目にかかった〈初期メニュー〉の中には、これらの品目がはっきりと記されていたのである。元来はひとつを選べば他の味には手を出すことができなかったのであるが、その後ケリードは継続、循環そして最後には混合的摂取をも認めるようになったのである。ケリードは、しかし、プレトリウスが折角理論付けた微妙なる論点に関しては何ら考慮するところがなかったといわねばならない。プレトリウスの主張したところは、砂糖は甘さの他に砂糖の味がするという全くもって反論の余地なき主張であり、それに加えるにザボンの果皮などを加えるのは明白なる越権行為だというものであった。製薬会社の薬剤師であったパヨーがゴルディオス王の結び目を見事に切断したのであった。ケリードに対し高さ三センチの小ピラミッド形の固形物を毎週千二百個ずつ供給することになったからである。このピラミッドが人々の味覚に名高き五種の純粋な味――酸い、無味、塩辛い、甘い、苦い――を提供するわけである。当時の特攻隊に参加した退役者のひとりの証言によれば、ピラミッドは初めのうちは灰色がかった半透明の物体であったが、そのうちに利便に供するためであろうか、今日地表においてあまねく知れ渡っている五色――白、黒、黄、赤、青――で着色されるようになったということである。恐らく将来の利益を当て込んだためか、それとも〈甘酸っぱい〉などという言葉に誘惑されるかして、その後ケリードは各種の味を組合せるという危険なる誤ちを犯してしまったのであった。今日においてもなお正統派の人々は、彼が大食漢連中に対してそれぞれ微妙なる色調の変化を有する百二十個のピラミッドを提供したことに対し非難し続けているのである。このような混交は、しかしながら、ケリードをして急速なる滅亡へと導いたのであった。その年のうちに彼は設備をそっくりと別のコック長に売り渡さなければならなかったのだ。それもクリスマス用に腸詰めの七面鳥を売ったりして、諸味の殿堂を汚すようなことをするまことにつまらぬ男に売ったのだ。プレトリウスは冷静に「世の終りじゃ」と語ったものである。

ある意味でこの言葉は二人の先駆者の運命を予言するものとなったのだ。老いさらばえた日々、街角から街角へとドロップを売り歩いて暮していたケリードは、ついに一九〇四年のある真夏の一日、渡守カロンに一枚の銅貨を渡してしまったのだ。一方プレトリウスは非嘆にくれつつもその後十四年間というもの生き存えたのであった。両者の記念碑建造の計画は、政府高官、新聞社、銀行、競馬協会、教会関係者、高尚風雅なる美食家集団並びにポール・エリュアール等の一致した全面的後援を得るには得たが、実際に徴収された資金というものは二基の彫像の建造には足りなかったのだ。それ故彫刻家としては一方の軽やかな髯と双方の高からぬ鼻および他方の簡潔なる体軀をば芸術的に統一した一体の彫像の製作で我慢しなければならなかったのだ。百二十個の小ピラミッドが台石にちりばめられ、記念碑全体に新鮮な感じを与えたことを付け加えておこうか。

さて、両イデオローグについて一通り片付いた今、われわれとしては純粋料理の高僧ピエール・ムーロンゲに拝謁する栄に浴したいと思う。その第一宣言は一九一五年の日付となっている。一九二九年には八折り大判三巻からなる『詳説便覧』が完成している。ムーロンゲの原理原則はあまねく知れわたっているので、ここでは神の思し召しに従って贅肉のとれた文字通りの要約を記述することに専念したいと思う。僧院長ブレモン師は先見の明あって純粋に詩的なる詩の可能性を追求した。抽象派と具象派は――両語は明らかに同義である――逸話にも或は又自然への従属的なる描写にも堕することのない、絵画的絵画を目指して鎬を削っている。同様にしてピエール・ムーロンゲも又、大胆にも彼自ら〈料理的料理〉と名付けたところのものをば重厚なる理論的展開によって説明しているのである。その名からも判断されるように、〈料理的料理〉は造形美術からも栄養目的からも全く自由な純粋料理の存在を肯定しているのである。さらば！　目もあやなる彩色よ、豪華絢爛たる配食皿よ、つまらぬ偏見がそう呼んでいる見栄えよき盛りつけよ。さらば！　やれ蛋白質、やれビタミン、やれ含水炭素といとも念入りなる栄養の計量配合よ……。そして一方では、子牛、鮭、小魚、豚、鹿、羊、パセリ、オムレット・シュルプリズ、タピオカ等々のかつて暴君プレトリウスの手によって追放された昔懐しき祖先伝来の諸味百味が、あっけにとられた人々の食膳に再び舞い戻ってきたのだ。ただしそれらは造形美術とは完全に手を切った形――どろどろとした灰色の粘液性の粥の姿――で復帰してきたのだ。あれほど声高に喧伝されていた五味からついに解放されるところとなったお客たちは、その好みに応じてごたまぜ鶏料理や雄鳥の赤ブドウ酒煮《コック・オ・ヴァン》を再び自由に注文することができるようにはなったのであった。ただし、お気付きのように、一様に構造自体を解体されて無定形の状態となった料理としてテーブルに運ばれてくるのはいうまでもないのだ。今日も昨日同様、明日も今日同様、これじゃ年がら年中灰色のお粥ばかり……。唯ひとり異を称え続ける男がこの場面にもその黒い影を投げかけてはいる。言わずと知れたプレトリウスその人であるが、彼は先駆者の常として、自ら三三年前に切り拓いた小道から一歩たりとも踏み出すことを肯じなかったのである。

　とはいえ、勝利はアキレスの踵を持たぬわけにはいかなかったというべきだろう。可食物の豊富なる全領域をば、典拠に定めるところに従って、無定形粥に変換する技術にかけては並ぶ者のないデュポン・ドゥ・モンペリエやフーリオ・セハドルは、今やコック長の古典的存在として当然五、六本の指に数えられるのである。

ところで一九三二年という年にひとつの奇蹟が起ったのである。ごくありふれた一人の無名の人物がその幕を上げたのだ。読者はその名を記憶に留めなければならない。ジャン・フランソワ・ダラック、J・F・Dという人物がジュネーブにおいてこれといって目立ったところのないレストランを開いたのだが、彼はこの場所において昔懐しい料理そのものを復活提供したのである。マヨネーズは黄色く、青物は青く、カサータ（アイス・クリーム）は虹色、ロースト・ビーフは赤であった。ダラックはあと一歩というところで反動家の烙印を押されるところまでいったのだが、その時彼はコロンブスの卵を立てたことになったのである。口元をかすかにほころばせ、物静かな態度と天才のみの示しうる確かな手さばきで、彼はかくも単純なる行為に手を下したわけであるが、この行為こそが彼をして料理法の歴史における最高峰に末永く位置せしめることとなったのである。彼は明りを吹き消した。その瞬間、テネブラリウムの第一号が誕生したのだ。

結社の原理

このエッセーの目的とするところが報告と称讃とに限られるので、或は予備知識のない読者諸子を落胆させることにもなりかねないが、そうだとしたらわれわれとしてもまことに残念なことではある。しかしラテン語の格言にもあるように、真理は偉大にして必ずや勝利するのであるから、酷烈なる打撃に対しては反り返えろうではないか＊1。林檎が樹から落ちるのを見て引力の法則の発見に導かれたという言い旧されたお話は、子供向けニュートン伝のさわりの部分となっているが、われらが弁護士のバラルト先生には左右履き違えた靴の逸話がまとわりついているのだ。噂によれば、主人公のバラルト先生はアンナ・モッフォの『椿姫』の開幕に間に合うようにと余りにも急いだがために、右足を左の靴へ、そして当然のことながら、左足を右の靴へ突っ込んだままテアトロ・コロンへ向ったのであった。この痛ましい配置のせいで、先生は音楽と美声の醸し出す魔術的陶酔に浸り切ることができなかったばかりか、ついには天井桟敷から救急車で連れ去られることとなったが、その救急車の中で彼の脳裏に閃いたのが、かの有名なる結社の原理であったのである。バラルトは躓き歩いたその時に、今地球上の各所においてこの種の災難に遭遇している人々の数は決して少くはないはずだと考えたに違いないというわけで、人々はこの疑問のせい

＊1―「反り返えろうではないか」は、正しくは「頭をかち破られようではないか」〔＊2〕である（著者註）。
＊2―右の註に対しわれわれは敢えて「身構えようではないか」が正しいと考える（校閲者註）。

で彼が結社の原理に思い当ったのだと想像したのである。ところでわれわれは、一期一会ともいうべき機会に恵まれて、今や名所旧蹟のひとつに数えられるようになったパストゥール通りにある彼の事務所において、親しくバラルト先生御自身と会見することができたのであった。先生は終始紳士的なる態度を崩さずに、結社の原理は一見恣意的なる事象の背後にひそむ統計的諸法則並びにライムンド・ルリオのアルス・コンビナトリアについての長期にわたる瞑想の結果もたらされたものであること、そして又自分は気管支炎の再発を回避するために夜間は外出しないことにしていることを繰り返し強調し、皆が信じたがっている話は根も葉もない作り事であるに過ぎないのだと語ったのであった。これが嘘偽りのない真相なのである。真実は常に口に苦いものなのだ。

『結社の原理』(一九四七—五四年)という名のバラルト先生の手になる六巻本の著作は結社問題に関する完全無欠なる入門書となっている。本書はマソネーロ・ロマーノの著作やラモン・ノバーロ *1 のポーランド語の作品『クオ・ヴァディス』と共に、いやしくも図書館という名のつくところには必ず備えられている種類の図書であるが、他面において購買者の数が多いわりには披見者の数がゼロに近いという本なのである。抑制された文体、豊富な索引と附録、主題の有無をいわせぬ牽引力、これら三拍子が揃っているにもかかわらず、大抵の人々は表紙と目次をちらりと一瞥するだけで、ダンテのように暗い森に迷い込むこともなかったのである。一例としてカッターネオの場合を挙げてみるが、彼はその受賞作『分析』において、『結社の原理』冒頭の〈序にかえて〉の第九頁以上を読んではいないことを自ら暴露する羽目に陥ったのであった。というのはこの作品をほんの少々論じたかと思うと、いつのまにやらコットーネのポルノ小説を対象に蜿蜒と分析を展開していたからである。それ故われわれとしてはこの小論自体を自ら皮相的であるなどとは判断しておらず、むしろ先駆的な作品として後進の人々のお役に立てれば幸いであると考えているくらいなのである。それはそれとして、われわれがこの小論を執筆するにあたり資料をその源泉に仰いでいることを断っておかねばならない。われわれとしては浩瀚なる著作そのものをあれこれと詮索するよりも、生きた資料ともいうべき義弟のガラッチ・イ・ガセットから衝撃的なる証言を得る方を選んだのである。彼は何度か会見を引き延ばした末に、今では名所旧蹟のひとつに数えられるようになったマチュー通りの公証人役場において会見に応じてくれたのであった。

驚くほどの早口であったとはいえ、彼はわれわれの貧弱なる理解力の及ぶ範囲まで歩み寄りながら、結社の原理について分りやすく解説してくれたのだ。この説明によれば、人類は気候的政治的に多様性をおびているにもかかわらず、無数の秘密結社によって構成統合されているのである。そしてその構成員は互にそうであることを知らず、又常にその身分、立場を交替しているのである。ある結社は他のそれよりも永続性に富む。例えば、カタルーニャ姓を鼻にかける人々のそれとか、Gで始まる姓を鼻にかける人々のそれ等。又、別のグループはこれとは反対に速やかに消滅する方に属するが、例えば、ブラジル或はアフリカにおいてジャスミンの香りを嗅いでいるすべての人々のグループとか、もっと学のある連中の例を挙げれば、バスの切符を読んでいる人々のそれとか……。又、別のグループはそれ自身興味ある亜種へと分

＊1――H・シェンキェウィチの誤りである（校閲者註）。

化している。例えば、ひどい咳に襲われている人々は亜種としてこの同じ瞬間にそれぞれ、スリッパを履く人々、自転車で夢中になって遁走中の人々、テンパリー駅で乗換える人々に分類することができるであろう。別の分派は又、これら咳を含む余りにも人間的なる三様の特徴から遠く離れて身を持する人々によって構成されるのである。

つまり結社主義というものは停滞することがないのである。刻々と変動する活気あふれる樹液の如く循環を続けるのである。常に公正中立の立場を保たんものと全力を尽しているわれわれ自身でさえ、今夕を例にとってみるならば、まず、上りのエレベーターに乗る人々の結社に所属し、数分後には又地階へ下りる人々の結社、或は又レディのランジェリーと備え付け家具の間あたりにまるで閉所恐怖に襲われたかのように立往生してしまった人々の結社に所属したのである。燐寸をつけたり吹き消したりするというささいな行為も、われわれをあるグループから排除させたり、別のグループに包含せしめたりするのである。かくも広汎なる多様性のすべては人格形成のための貴重なる訓練として役立つのである。スプーンを使用中の人はフォークを使用中の人とは別のグループに属しているが、まもなく共にナプキンを使用するという一点において同じ結社の一員となるのである。しかしそれもつかのま、二人は胡椒を使う方とタバスコを使う方へと別れ別れになるのだ。しかしながらこれらすべては大声ひとつ立てるでなく、怒りに顔を真赤にするでもなく執り行われるのである。何という調和の妙であろうか！　真なる全一の何という果しない顕現であろうか！　貴方は今現在亀のように見えるが、明日私は象亀と見られるだろう、等々。

このように見事なる総括に対して、たとえ末梢的なものであろうとも、酷評家連の盲ら打ちが仕掛けられないはずはないが、それらに対しては例によってあらゆる種類の反論が用意されているというものなのである。第七チャンネルはさかんに結社の原理の陳腐なることを喧伝し、パラルトは何も新しい発見をしたというわけではないのだ、なぜなら以下の如き結社は往古より存在し続けてきたのだから、などと放映を繰り返えしているのである。例えば、C・G・T、精神病院、相互扶助協会、チェス・クラブ、郵便切手アルバム、西部墓地、マフィア、〈黒い手〉、議会、農業博覧会、植物園、ペン・クラブ、流し音楽隊、釣り具店、ボーイ・スカウト、福引き、その他引き合いに出されるほど結構ではあろうが皆がとうに熟知している数々の集団が列挙されていたのだ。一方ラジオ側では、結社の原理は結社の構成自体が極めて不安定であるところから、実際上何らの意味を持つものではない旨さかんに言い触らしている。ある人にとっては結社の原理は珍奇なるものであり、別の人にとっては熟知のものが装いを新たにして出てきたものにすぎないのである。ただここにおいて否定することができないのは、この結社の原理の運動こそは歴史の流れを通底してきた地下水脈にも譬えられる様々なる潜在的類縁関係を、個人の立場において統合せんとする最初の計画的なる試みであるという事実である。確然と構成され、練達の士によって舵取られた結社の原理の運動は、溶岩の奔流にも似た無秩序の流れに対し厳然と屹立する大岩となることであろう。しかし又一方ではこの善意なる原理が呼び醒ますことになるやもしれぬ様々なる争い事の芽に対しても、われわれの眼を逸してはならないのである。列車から降りようとする男が、今乗り込もうとする男の胸に短剣の一突きをくらわせるかもしれない。ドロップを買いに入ってきた不意の客が、応待に出た菓子屋の主人の首を締めにかかるかもしれない。

非難者からも擁護者からも等しく距離を保ちつつ、われらがバラルトはその道を歩み往くのである。義弟からの情報によれば、ただ今バラルト先生は考えうるかぎりのすべての結社についてのリストを作成中であるという。もちろんこれには障害が存しないわけではない。例えば今現在迷宮のことを考えている人々の結社の例を挙げてみよう。それから一分前に迷宮のことを忘れてしまった人々の結社、又それぞれ二分前、三分前、四分前、四分半前、五分前……に迷宮のすべてを忘れてしまった人々の結社……という風に無限に数えられるのである。迷宮のかわりにランプを取りあげてみるとしよう。事はさらに紛糾の度を増すことであろう。だが切りがないのでこの辺で打ち止めとする。

本覚書を閉じるにあたり、熱烈なる鑽仰からわれわれを解き放つことを赦したまえ。バラルト先生がいかにして目前に迫ったこの暗礁を巧みに切り抜けるのか知る由もないが、信仰のみが与えうる平静にして神秘的なる確信により、先生が必ずや全てをみそなわすカタログを完成されんことをわれわれとしては信じようと思うのである。

世界劇場

この長雨に悩まされている一九六五年の秋、悲劇の女神メルポメネと喜劇の女神タリアが、元気潑剌と大活躍中のミューズであることを否定する者はまずいないであろう。陽気なる仮面とその姉の憂いに満ちた仮面は到頭——ミリアム・アラン・デュ・ボスクの称讃の言葉を借りるならば——ほとんど克服不能と考えられてきた幾多の障害を乗り超えることに成功したのである。従来、その障害の第一のものとして挙げられてきたのは、万人の認める天才的劇作家たち——アイスキュロス、アリストファネス、プラウトゥス、シェークスピア、カルデロン、コルネーユ、ゴルドーニ、シラー、イプセン、ショー、フロレンシォ・サンチェス——による有無を言わせぬ影響力の行使であった。その第二に挙ぐべきは、雨も降れば風も吹き込むという過酷なる条件に晒された簡素な中庭（そこでハムレットは独白したのだ）から、近代的なオペラの殿堂の廻り舞台——もちろん、桟敷の控え室や立見席やプロンプター席を含んでの話だが——にいたる舞台建築上の創意工夫の数々であった。第三は、ただ実り豊かな喝采を刈り取らんがために、観客と芸術との間に介在するサコンヌ、かの巨木等々の如き道化た物真似師の活気あふれる群像の存在であった。そして最後に第四の障害なるものは、以上のような諸悪のそれぞれを、純機械的なる方法によって拡大拡散せしめてきた映画、テレビ、ラジオ劇場の存在であった。

〈最新演劇〉の誕生前史を調査研究した人は、その前例として次の二つの先駆的演劇を持上げるのを常とする。ひとつはオーベルアメルガウ受難劇で、これはバヴァリアの農夫達によって上演されてきたものである。もうひとつは言葉の真の意味において大衆的と評すべきヴィルヘルム・テルの夥しい数にのぼる上演回数なのである。それは州《カントン》を超え湖を超えてこの手垢にまみれた歴史物語が最初に演じられたと全く同じ背景、同じ場所において何回となく上演されたのである。さらに好古趣味のある研究者の場合には、農家の牛車を舞台に漁師の助けをかりてノアの箱船を、又当時の料理人らの助けをかりて最後の晩餐を、という具合に世界の歴史物語を上演した、中世ギルド組合員のところまで遡ることにもなろう。これらすべては疑いもなく歴史的事実であったわけであるが、それがブルンチュリの尊名を傷つけることにはならないのである。

ブルンチュリは一九〇九年頃スイスのウーシーにおいて、人も知る奇行の持主との評判を獲得したのであった。このブルンチュリという男は、半ば常習的にウェイターのお盆をひっくり返させ、何度も性懲りもなくキュンメル酒を頭からかぶりたがるし、そうでなければ粉チーズまみれになりたがるという札付きの人物なのであった。真偽のほどは不確かながら、象徴的なる逸話として巷間伝えられているものに、ギボン・ホテルの正面大階段においてエンゲルハルト男爵が、スコットランド製ラシャ裏地のレインコートにボタンをかけようと悪戦苦闘しているその時、彼の右手が握手を求めて男爵のコートの左袖へと潜り込んだという一件がある。一方、別の日のことであるが、ブルンチュリが古めかしいスミス&ウェッソン銃に見せかけたアーモンド・チョコレートを不意に突きつけて、この駿足の貴族をあたふたと退散せしめたという話を疑う人はひとりとしていないのである。これ又はっきりと証明されている事実であるが、ブルンチュリはしばしばボートに乗ってただひとり、絵のように美しいレマン湖へ漕ぎ出し、夕闇にまぎれてぶつぶつと短い脇ぜりふを繰り返し呟いたり、合間にはあくびをしてみたりするのであった。ケーブル鉄道の中ではひとりにやにや笑ってみたり、時にはすすり泣くことなどもあったが、一方電車の中においては――一人二人の証言に限らないが――船遊び用の麦藁帽子のリボンのところに切符をはさみこんで、相手を選ばず手当り次第に時刻を聞き質しつつ、気取って歩いていたということである。このような芸術行為が何やら意味がありそうだなとみずから気付きはじめた一九二三年頃から、彼はこの種の試みを一切停止してしまったのであった。その後彼は街々をぶらぶらと歩き、オフィスや商店などに辿り着き、葉書をポストに入れ、煙草を買ってそれを吸い、朝刊の頁をめくり……、という風に、つまり一言でいえば全然目立つところのない平凡なる市民の一員として振舞うこととなったのである。そして一九二五年になって、最後には誰でもそうなるところのことをばしでかしたのだ(桑原、桑原)――ある木曜日の夜のこと、十時も過ぎた頃彼はこの世におさらばしてしまった、というわけなのである。彼のメッセージというものは、何事もなければ彼と共にローザンヌの平和な墓地で安らかに眠ることになるはずであったのだが、刎頸の友マクシム・プチパンの親切心から出た裏切りのために、葬儀場におけるお定まりの追悼演説――その文章は今や古典となっている――において公けにされたのであった。容易に信じられないことではあるが、プチパンによって語られ、そっくりそのままの形で『プチ・ボードワ』誌に掲載されたブルンチュリの理論は、その後一九三二年にマクシミリアン・ロンゲ――今では著名なる俳優兼製作者となっている――の手によって古新聞綴込みの中から発見再評価されるまでは、何らの反響も見出すことはなかったのである。

ボリビアでチェスを学ぶために難関を突破してショート・ケーキ奨学金を得ていた青年ロンゲは、エルナン・コルテスの例に倣ってか、チェス駒をチェス盤共々火中へ投じ、せめてローザンヌとウーシーという昔ながらのルビコン河を渡ることもせずに、ブルンチュリによって後世に伝えられた原理原則の研究に没頭するところとなったのである。自己所有のベーカリーの奥部屋において厳選された少数の開眼者と密議を重ねたのであった。彼らこそは〈ブルンチュリ計画〉と呼ばれることになる作戦の管理者であるばかりでなく、この計画を現実に実行した人々であったのだ。やや混同があったり、若干不明の部分があるけれども、今のところ記憶に残っている彼らの名前は太活字《ゴシック》でここに表記しておきたいと思う。**ジャン・ピーズ、シャルル或はシャルロット・サン・ペ**。この大胆不敵なる秘密結社は、その旗印として確か「街へ出よう!」なる号令を選んでいたが、それは直ちに、大衆の無関心の結果である様々なる危険に直面することとなったのである。ただの一度といえども宣伝などというごまかしの手段に頼ったり、ポスターを貼ってみたりすることもせずに、勇気百倍ボー・セジュール通りへと飛び出していったのであった。ただし全員が一度にベーカリーから出ていったのではないのだ。ある者は静かな足取りで南の方角へ歩いていった。別のひとりは北東方面へ歩いていった。三人目は自転車に乗って出ていった。数人の者は路面電車を利用した。その中のある者は底革当て靴を履いていた。誰ひとり彼らをいぶかしく思った人はいなかった。街の群衆は彼らを自分らと全く同じただの通行人とみなしたのであった。陰謀家たちは模範的なる規律を示し、挨拶をかわすこともなければ目くばせすることもなかったのだ。**X**は街々をぶらぶらと歩き、**Y**はオフィスや商店に辿り着き、**Z**は葉書をポストに入れ、シャルロット或はシャルルは煙草を買ってそれを吸ったのである。伝えられるところによれば、ロンゲ自身は家に残り、緊張のあまり爪を嚙みつつ全神経を電話に集中していたということである。その電話からは、さんざやきもきした末に、無頓着なる成功か全くの失敗かという両刀論法の一方の角が報告されることになっていたからである。既に読者は事の成り行きにお気付きのことであろう。ロンゲという人物は小道具や長ぜりふ付きの演劇なるものに最後の致命的なる打撃を与えたのである。ここに新しい演劇が誕生したのだ。全然覚悟のともなっていない、全く無知といってよい貴方自身が俳優となったのである。そして人生そのものが台本となったのだ。

ある芸術の開花

まことに奇妙なことながら、専門家の間ではもはや慎しみ深い微笑を以てしか語られることのなくなった〈機能的建築〉なる言葉が、未だに一般大衆の間ではかなりの威力を発揮し続けているという事実がある。ここでは今日の建築界の主潮をひとわたり簡約概観し、併せてこの言葉の概念を明確化してゆきたいと思う。

そもそもの起源は——といってもついこの間の話なのであるが——はや論争の暗雲に取り囲まれ、その輪郭は定かではなくなっているのである。ふたつの名前が戦功者の座を争っているといえよう。ひとりはアダム・クウインシーで一九三七年エディンバラにおいて『妥協なき建築を目指して』という一風変った名前の小冊子を刊行した。もうひとりはピサの人アレッサンドロ・ピラネージで、それから二年も経たないうちに私費を投じて世界最初の〈混沌〉建築——最近再建される運びとなったが——を完成させたのであった。無知蒙昧なる群衆は、是が非でもこの建物の中へ潜り込みたいという気狂いじみた衝動に促されて一度ならず火を放ったが、サン・ファン＝サン・ペドロの夜にいたり、さしもの〈混沌〉もついには灰燼に帰するところとなったのである。その混乱の最中にピラネージは悲業の最期を遂げたのだが、写真や設計図が残っていたおかげで、〈混沌〉は無事再建にこぎつけることができ、こうしてわれわれも再び嘆賞することが可能となったのである。大筋において原型を踏襲しているものということができよう。

現在の冷静なる眼で読み返してみると、アダム・クウインシーの粗雑な印刷の小パンフレットは、われわれ新しがり屋の胃袋にはいささか粗末な食い物としか感じられないのである。ともかくもここに二、三のパラグラフを引用してみることにするが、まずそのひとつは、「エマソンは――その記憶はまことに発明の才に富むが――建築は凍れる音楽であるとの言葉をゲーテに帰している。この言明並びに現代建築そのものに対するわれわれの個人的なる不満の双方から、われわれは音楽の如く情感そのものであるところの直接的言語としての建築、居住の必要性から全く独立した建築というものをしばしば想い画くことになるのである。」又少し先の方では、「ル・コルビュジエの考えるところによれば、家というものは住むための機械であるということになるが、このような定義は樫の木や魚にはあてはまるとしても、タージ・マハールには全然あてはまらないのだ」とある。このような断言は今となってはわかりきった原理、或はいわでもがなの言ということができようが、その当時においては一般の人々が仰天したのは当然としても、本陣になぐり込みをかけられたと感じたグロピウスやライト等も大いに憤激するところとなったのである。小冊子の残りの部分はラスキンの『建築の七灯』に対する攻撃にあてられているが、今読んで見て興味のあるものではない。

ピラネージがこの小冊子を読んだかどうかということはどうでもよいことである。疑いえない事実は、以前沼沢地だったマラリア通りの一画に、石工や老いたる熱狂者の一団の協力の下に〈ローマの大混乱〉を建立したことである。この崇高なる建造物はある者には球形、他の者には卵形そして保守反動家にとっては無定形に見える代物で、その材料は大理石から鳥の糞をへて牛馬の糞にいたる広範囲の物質の混合であり、基本的には次の各部より構成されているのだ。即ち、行き止まりの壁に通じる螺旋階段、矢庭に途切れる廊下、入りようのないバルコニー、通り抜ける人を落し穴かそうでなければ狭くて天井の高い小室——その天井には快適そうなベッドや安楽椅子が逆様に吊り下がっている——へ導く廊下。もちろん凹面鏡がいたるところに存在することも忘れてはならない。最初の熱狂の渦の中で雑誌『饒舌者』は、建築界における新意識の最初の具体化などと囃したてたのであった。この〈混沌〉がまもなく中途半端であるとか、旧式であるとか批判されることになろうとは、当時の誰が一体予言しえたであろうか。

ここで永遠の都の月宮殿《ルナー・パーク》やフランスのあの有名なる光の都のお祭り広場において、衆人の前に公開されるところとなった愚劣なる模造品を悪様に罵るために、貴重なるインクの一滴、千金にも価する一刻を無駄にすることは慎しまなければならない。

いささか折衷の気味があるものの、ここで一言しておかなければならないのは、オットー・ユーリウス・マントイフェルの〈諸神混交〉の例である。ポツダムに所在するその〈知の女神たちの聖堂〉では、居住のための家屋、廻り舞台、巡回図書館、冬の庭園、ひびひとつない大理石彫像の群、福音教会堂、仏教寺院と神社、スケート・リンク、フレスコ壁画、パイプ・オルガン、通貨交換所、共同便所、トルコ風呂、ウェディング・ケーキ等々が巧みに組合わされ一体となっていた。だがこの複合的な建造物の維持には大変手がかかるために、デビューを祝うお祭り騒ぎが終るか終らぬうちに競売に付されることとなり、結局取り壊されるはめになったのである。それは忘れもしない一九四一年四月の二三、二四日のことだった！

ここにおいてより偉大なる人物であるユトレヒトの巨匠ヴェルドゥーセン先生に登場願わなければならない。この比類なきV・I・Pはただ単にプランを立てたばかりではなく、自らそれを実行に移したのである。まず一九四九年に『オルガヌム・アルキテクトゥラエ・レケンティス』なる著を発表したが、一九五二年にはベルンハルト公の支援の下に、〈戸と窓のある家〉を発表し、オランダ全国民によってかくのごとき愛情のこもった命名が行われたのであった。ヴェルドゥーセンのテーゼを要約してみよう。壁、窓、戸、床、屋根は近代人の住居の基本的なる構成要素であることは疑いえない事実である。私室で奔放に振舞う伯爵夫人も、獄舎で電気椅子から呼び出しがかかってくる夜明けの到来を恐れおののきつつ待っている哀れな罪人も、この法則から逃れることはできないのである。噂によれば閣下がちょっとばかりその必要性を灰かしたばかりに、ヴェルドゥーセンは敷居と階段をそのリストに追加するはめになったということである。これらの諸原則に則って造られたところの建物は正面が六メートルで奥行き一八メートル弱の長方形の形体となった。一階の正面には六つの戸が並んでおり、九〇センチ間隔で次から次へと同じような戸が後方へ連続し、一七番目の戸を以て奥の壁面に達している。この平行した六列の戸の両脇を簡素な側面壁が仕切っているわけで、合計一〇二個の戸がこの階にあることになる。物見高い人は向いの家のバルコニーから眺めて頂きたいが、二階では六段の階段がいくつもジグザグに昇降を繰り返していること、三階は全体が窓になっていること、四階は敷居から成っていること、最上階の五階は床と屋根だけで構成されていることがはっきりと見分けられるのである。建物全体がクリスタルでできているため、近所の家々からはっきりとその全体像をつかむことができるのである。この宝石が余りにも完全にできているので、敢えてこれを真似ようとする人はいないのである。

以上ざっと〈住めない住居〉の形態的展開を概観してきたが、これこそはいかなる有用性にも全く媚るところのない純粋建築の、濃密にしてさわやかなる突風とでも評されようか。この中では誰ひとり進むべき道を見つけることもできず、安らうこととてかなわない。腰を下ろすこともできなければ、深々とクッションにはまり込むこともできない。入口のないバルコニーから手を振ることもできなければ、ハンカチも振れず、まして身を投ずることもできないのだ。そこでは秩序と美がそのすべてなの《ラ・トゥ・ネ・クォルドゥル・エ・ボテ》だ。

追記　以上の本文のゲラ刷りを校正し終えたところでタスマニアからの電報が届いたが、彼の地において新しい建築の芽が出現したという知らせであった。ホッチキス・デ・エステファーノが――彼は従来の〈住めない住居〉建築の最右翼と目されてきた人物なのであるが――何ら躊躇するところなく、かつての英雄ヴェルドゥーセンの足下の絨毯を力をこめて引っぱり〈吾告発す〉を建造したのであった。その宣言によれば、壁、床、屋根、戸、明りとり窓、窓等々はいかに無用性を具備しているように見えようとも、その実建築家が切り捨てたつもりになってはいるが、常に裏口からこっそりと這び込んでくるところの伝統的機能主義の過去の遺物、化石でなくて何であろうか、というのである。鳴物入りの喧伝が伝えるところによれば、今回の〈住めない住居〉こそは過去のがらくた類一切からすっぱりと手を切った、しかも場当り的なただの巨塊ではない建造物だということである。私は、この最新作の模型、設計図、写真が一刻も早く到着せんことを一日千秋の思いで待っている。

詩学階梯
グラドウス・アド・パルナスム

短かかったが無駄ともいえなかったカリ、メデリン方面のバカンスから帰ってきた私を、エセイサ空港の派手やかなバーで待ち受けていたものは、黒枠付きの知らせであった。人は誰でもある年代に達してふと後を振り返ってみる時、知人の誰かが他界していないことはないものなのだと改めて感じいったことであった。もちろん私は、サンティアーゴ・ギンスベルクのことを語っているのだ。

しかしこの際は親友の死に対する哀惜の情を極力押えて、従来新聞紙上等で吐言されてきた——言葉が適当であるかどうかは知らないが——誤てる解釈を訂正することに専念したいと思うのだ。ここで急いで断っておかなければならないのは、これらの誤解そのものにはいささかの悪意の存在も認められないという事実である。すべては多忙急迫と容認さるべき無知の結果なのである。私の意図も物事をそのあるべき場所へ戻し置くことにあり、他意はないのである。

ある種の〈批評家〉連中は、ギンスベルクの筆になる第一作が『君と私のための鍵』という名の詩集であることを多分に忘れ去ろうとしているように思われる。私の慎しやかな書庫には、この極めて興味深い小冊子の初版本が一部、鍵をかけられて保存されている。豊富な配色ながら地味な感じを与える表紙、ローハスによる著者の肖像画、サメーの発案になる題字、ボドーニ活字による印刷、誤植とて皆無の一言でいうならば飛切り無類の一本なのである。

奥付の日付は西歴一九二三年の七月三〇日となっている。事の成行には明々白々たるものがあった。まずウルトライストたちが正面から攻撃をかけてき、名の通った批評家連中は欠伸を以てこれを無視し、散発的なゴシップ記事がそれに続き、仕上げとしてオンセのマルコーニ・ホテルでのお定まりの夕食会という次第であった。その一連のソネットの中に、人々の心を深く感動させ、一見陳腐で些細な言葉遣いのそこここに仄見える果敢なる新奇性を嗅ぎ出そうとした人は誰ひとりとしていなかったのである。ここにその一例を紹介してみよう。

ともがらは街角の酒場に集いて
袖口の夕べはつるべ落しに暮れぬ。

フェイホー神父（カナル？）はその著『ラプラタ河流域における形容辞の特異性』（一九四一年）においても、この袖口という単語を、風変りな使用法の一例として記録しているが、この単語が王立アカデミー公認の西語辞典に堂々と載っているという事実には変りがないのである。フェイホー神父は袖口を「大胆で、巧みで、目新しい」表現であると断じ、この語が形容辞の一種であるとの仮説——吾はそれを語りてさえ身の毛がよだつ——を提示したのであった。

第二例を御覧頂きたい。

接吻が結び合わせし火の唇は

まなく時なくのこもこと囁けり。
勇を揮って告白するが、初め私はこのこもこという単語をうっかりと見過してしまっていたのである。
さらに一例を紹介しよう。

郵便箱《ブソーン》！　放惰なる星々の林は
賢き天文博士の業をば笑う。

御承知の如く、この美しい二行詩の冒頭の言葉は批評家団体による何らの訴えも受けることがなかったのだが、この寛容さというものは、郵便箱《ブソーン》という単語が元来ラテン語のブッコ即ち大いなる口に由来しており、前述の王立アカデミーの辞書（第一六版）の二〇四頁に堂々と載っているところから正当化されることにもなるのである。
将来予想されるいざこざから身を守るために、その時われわれは予防的措置として著作権協会に対して当時もっともだと考えられそうな次のような仮説を登録したのであった。即ち郵便箱《ブソーン》という言葉はちょっとした誤植の結果であり、本来その第一行は左のように読まれなければならないというものであった。

トリトーン！　放惰なる星々の林は

或は又左のように読まれる場合もあるとした。

小ねずみ《ラトーン》！　放惰なる星々の林は

この私を裏切者などと呼ぶ者はいないであろう。ここで私としては堂々と手のうちを曝け出しているのである。以上の校訂部分を登録して二ケ月程経ったある日のこと、私は親愛なる詩人に宛てて、自分の考えの筋道を詳細且つ単刀直入に説明した指定電報を打電しその意向を確かめたのである。詩人の回答はまことに面喰わせる態のものであったのだ。ギンスベルクはこれらの校訂に同意を与えはしたが、それはこの三種の異文《バリアント》が同義語であるとの条件の下での承諾であったのである。拝伏する以外に私のとるべき手段があったというなら教えて頂きたいものである。藁をもつかむ思いで私は早速にフェイホー神父に伺いをたててみたのだが、神父も入念に検討を加えてくれはしたものの、その結果というのは三種の異文がそれぞれ独自の目もあやなる魅力を有してはいるが、いずれも完全なる満足を与えるまでにはいたっていないというものであったのだ。御覧の通り、これにて本件は暗礁に乗りあげてしまったのである。

ギンスベルクの第二詩集は『芳しき星の花束』という題で、前衛物の雑誌等を置いている小書肆の地下コーナー辺りに埃を被って並んでいるはずである。ギンスベルクに捧げられたカルロス・アルベルト・プロシュウトの『ノソトロス』誌上のエッセーが、今後とも末永くその評価に決定的なる影響力を与え続けることではあるだろう。だがこの著名なる注釈者といえども、独自の形態においてではあるが本書の真髄を形成しているといえるある種の変則的なる慣用語句の使用法に関しては、他の文芸家同様鼻をきかすことに失敗していたのである。これらの変則例は一般にごく短い形式をとったがために、よほどの注意力を行使しないかぎり、何なく批評家諸氏の眼下を走り抜けることができたのである。例えば導入部の四行詩における〈*drj*〉、今や古典のひとつとして数えられ多くの学生向けアンソロジーに収載されているソネット中の〈*ujb*〉、ロンド体の十行詩「恋人に」における〈*ill*〉、抑制された悲しみがともすれば迸しり出んとする碑銘詩における〈*hmz*〉。(だがいつまで続けるというのか。この辺で打ち切らねばならぬ。)ただ、今まで全然ふれるところはなかったが、あの王立アカデミーの辞書にさえ一語として載っていない諸語によって構成された完結せる一文なるものをここに引用しないわけにはいかないだろう。

Hlöj ud ed ptá jabuneh Jróf grugnó.

もしも筆者自らが終日人知れず故人の古ぼけた家具類の引き出しをひっかきまわして、ギンスベルク自筆のノート――昨今の風潮からして、名声のラッパが〈最初にして最後の記録〉などと囃したてるに相違ないが――を捜し出すことがなかったとしたならば、すべては依然として迷宮入りのままであったことだろう。まぎれもなくこの〈記録〉類こそは、文学愛好家の心情をほどよくくすぐる言い回しの類(泣く子は育つ、据膳食えぬは男の恥、叩けよさらば開かれん、エトセトラ、エトセトラ、エトセトラ)、強烈なる色彩のクロッキー、署名入りのエッセー、純粋に観念論的なる詩の数々(フロレンシオ・バルカルセの「葉巻き煙草」、ギド・スパーノの「哀悼の歌」、エレーラの「寂滅のたそがれ」、ケロールの「降誕祭の夜に」)、雑然と書かれた電話番号控、そして最後となってしまったが極めて重要な、袖口、〈*ill*〉、のこもこ、〈*jabuneh*〉といった種類の単語についての最も権威ある解釈そのもの、等々によって構成された掘り出し物であったのだ。

さて、慎重なる歩みを進めるとしよう。袖口という言葉は袖と口とで構成されていて、例の権威ある辞書によれば「手首に最も近い袖の部分、特に内側、裏打ちを指す」ということになる。これではギンスベルクは頭をたてに振りはしないのだ。発見されたノートはこう語っている。「袖口という語は私の詩においては、かつて聞いたことがあり、一度忘れ去られ、数年の後に再び思い出されたメロディーが喚起する感情を意味するのである。」

同様にしてのこもこのベールも剝がされたのだ。ギンスベルクは明確に述べている。「恋人たちはそれとは知らずに繰り返し語っているのだ――二人は互いに捜し求めて生きてきた、二人は合う前から知り合っていたのだ、今感じている幸福感こそは常に二人が一緒だったことの証拠なのだ……と。時間の無駄を省き、多言は無用というわけで、私は恋人たちにのこもこと、或はさらに時間を節約して〈*mapü*〉、或はただ単に〈*pü*〉と発声することを勧めるのである。」韻律学の暴政が三種のうちで最も音調の劣るのこもこを採用せしめたことは、彼ギンスベルクのために極めて残念なことであった。

郵便箱についてその典拠となるところを探ってみれば、これ又驚倒に価する真相なのであった。凡庸なる読者がすぐさま想い浮かべるような、例の円筒形で赤く塗られ口を通して手紙類を喰い込むありふれた道具仕掛けをこの言葉は意味しないのだ。赤い郵便箱どころか、ギンスベルクがノートで教えてくれるところによれば、彼は「偶然の、不意の、秩序と調和に満ちた宇宙《コスモス》とは両立しえない」という意味を選んでいるのだった。

この伝で故人は慌てず休まず、ものぐさな読者さえ見過すことがないような未知の言葉のほとんどを解き明かしているのである。ここではその一、二例に限って紹介することにするが、例えば〈*jabuneh*〉は「かつては不実な女に共有されていた場所への愁いに満ちた巡礼」を、又〈*grugnò*〉は最広義においては「ためいき――抑え切れぬ恋の嘆き――をつくこと」を意味するのである。〈*ïll*〉についてはわれわれとしてはあたかも火の塊りを飛び越すが如くにやりすごしたいと思うのだ。なぜならギンスベルクはここでは定評あるその趣味の好さをば完全に裏切っているからなのだ。

いささか気のとがめるところがあるので、次なる〈警告文〉を転写しておかないわけにもいかないであろう。さんざ手こずらせた解釈学の終点で、われわれを再び最初の一頁へと連れ戻すことにはなるのだが……。

「私の目的というのは、日常的な意味合いを何ら担うところなく、且つ抒情詩の基本的テーマであり、常にそうあり続けてきたところの状況或は感情を指示するが如き詩的言語の創造にあるのである。〈*jabuneh*〉や〈*mlöj*〉という言葉について私が試みた定義なぞは――読者はよく覚えておいて頂きたいと思うが――あくまでも近似的なるそれにすぎないのである。これらは定義への最初の試みと呼んでよいものなのだ。私の後継者たるべき人々は、様々なる異文《バリアント》、隠喩、色合いを持ち寄ることにより、必ずや先駆者たる私の慎しみ深い言葉遣いをば豊富にしてくれねばならぬのだ。彼らに呉々もお願いしておきたいのは純粋主義《ピュリズム》に陥ってはならないという一事である。変えるのだ。変形させるのだ。」

選択する眼

アルゼンチン建築家協会の手により極度の興奮状態に持ち込まれた、ある種の心理的戦争なるものについては、赤新聞にその反響を見い出すことができるが、これはガライ広場の建設局長が背後で暗躍操作したためにますます拍車をかけられたものであって、結局のところ、われらが買収不能の金匠アンタルティド・A・ガライの晩成型の業績並びにその高潔なる人格に対し、絹ぶるいも屏風も抜きの、あからさまなる照明を投げかけることに落着した一件だったのである。

すべてはある記憶——そもそも記憶と健忘とは背中合わせの存在なのだ——遙か一九二九年の一夜、ローミス宅の食堂でライン・ワインで呑した揚げポテトつき鯖料理の、なんとも忘れ難いあの味の思い出へと収斂するのだ。その夜、パレーラ街のローミス宅にはアガペーとミューズの思し召しで、当時の騒々しい弱輩連中の一団——といっても文学者の卵に限られるが——が一堂に会していたのであった。御開きのシャンペンの乾杯はモンテネグロ博士の手袋をはめた手によって音頭が取られたのだ。奇抜な警句があちらこちらで飛び交い、その間を縫ってイタ公とかドイツ野郎とかいった野次の類が聞えるのだった。私の隣りに席を占めたのは——そこはテーブルの端にあたり、呪われたるタンタロスを気取った燕尾服姿のスペイン野郎の給士がわれわれ二人にはデザートを運んではくれなかったのだが——一見優しく慎重そうな田舎出の若者であった。彼は私が造形芸術に関して高慢ちきなる意見を得々と述べたてていた間、ただの一度も目を逸らすことがなかったのである。いつもの連中とは事変って聞き役としての彼は、その時、私の長広舌にひるむことなく身を持していたといわねばならない。それからふたりは、近くの五番街角の食料品店《アルマセン》のカウンターでミルク・コーヒーを飲んだのだが、ローラ・モーラの噴水に関するわが狂燥的なる分析がほとんど終りに近づいた頃、ガライは自分が彫刻家であることを明かすと共に、親類や暇人相手に芸術同好会会館（元のパン・リエル）で開催される予定の作品展の招待状を差し出したのであった。受け取る前に私は、彼が勘定書を手に取る様仕向けたが、彼も心を決めるまでにはかなりの時間を要したがために、われわれふたりは三十八番の最終電車を逃してしまったのだ……。

　初日に私は自ら会場に出頭した。夕方には展覧会場は熱気溢れんばかりの盛況であったが、その後売れ行きの方がやや落着きを取り戻したかに見えた頃、改めて調べてみると、実はただの一点も売れてはいなかったのだ。《売却済み》の札に騙される人はひとりとしていなかった、というわけなのだ。ところで、新聞、雑誌の批評の方は概ね巧言令色を以て何とかこの難物を飲み下していたのである。ある者はヘンリー・ムーアを引き合いに出し、言葉の限りを尽して褒めちぎったことであった。私も又ミルク・コーヒーの借りがあるので、『ラテンアメリカ評論《ルビュ・ドゥ・ラメリク・ラティヌ》』誌上に短い称讃記事を書いた。もちろん〈遠近法〉なるペンネームに隠れてのことだが。

　この展覧会は旧来の鋳型を打ち砕いてしまったわけではない。事実、展示品そのものは、小学校で女の先生が二つ三つずつ組にして生徒達に教え込もうとする、あの木の葉とか足とか果物とかいった型と全く同じような石膏の型の群で構成されていたのだ。アンタルティド・A・ガライがその勘所として語るところによれば、目の前にある木の葉や足や果物を注視するのではなくして、何よりもまず型と型との間に介在する空間、別言するならば気そのものを感じ取らなければならない、というのであった。これが即ち――まもなく発行される前述の仏文の雑誌で私が述べているように――彼のいわゆる〈凹面彫刻〉に他ならないのである。

第一回の展覧会が達成した成功は、第二回目においても繰り返された。それは典型的な近郊地区であるカバジートの某所で開かれたが、会場というのはがらんとした一室で、剝き出しの四方の壁と平らな天井のそこここに散らばった数箇の石膏型と床面上に撒き散らされた半ダースほどの玉石の他には、何ひとつの備品とてなかったのである。「これらすべては……」とひとり当り四十五センターボの料金をせしめるもぎり係に扮した私は、俄か仕立ての切符売口から無知の人々に向って権柄ずくに説いてやったのだ、「……何の値打ちもありはしないのだ。洗練された感情にとって本質的なるものは、石膏型と玉石群との間を流れるように介在している空間そのものなのである。」自らの鼻先を越えた視野さえ持つことのできぬ批評家連は、いま眼前で展開されている正真正銘の進化の様をば認識することさえできず、ただ木の葉と足と果物の不在を嘆きかこつばかりであった。このキャンペーン――今となってはこの私は、何ら躊躇することなく軽率な行為であったことを認めるが――の影響はそう長くは続かなかった。民衆などというものは当初は冗談好きで人が好いのだけれども、たちまち飽きやすく一度目覚めたかと思うと、運好くやってきた彫刻家の誕生日をえらんでわれ先にと展示場へ火を放ったのである。ガライ氏は、俗にお尻と呼ばれる部位に玉石類の衝撃のせいでかなり手ひどい打撲傷を負ったのであった。切符売子――他ならぬ我輩である――がどうなったかというと、雲行きの怪しいことを敏感に察知した彼は、蜂の巣を突っついたような事態になることを回避せんがため、上がりのお金をそっくり収めた布鞄を小脇に抱え、早々に退散したのであった。

わが進むべき道はただひとつであった。あの打撲傷の男がデュラン病院の外科医から退院を許可されて出てくる時、容易には見つからぬよう身を隠すための隠れ場、巣、避難所を探すことなのである。料理人のニグロの強いすすめに従い、私はオンセから一区画半ほど離れたヌエボ・インパルシアル・ホテルに逗留することにした。この場所で私は探偵物の習作「タデオ・リマルドの犠牲者 *1」のための材料を収集したのであった。もちろんこのホテルの経営者の夫人であるファナ・ムサンテに一、二度言寄るチャンスを逃がしはしなかったが。

それから数年経ったある日のこと、ウェスターン・バーでミルク・コーヒーを飲みながらクロワッサンを突っついていると、アンタルティド・Aが不意に目の前に現われたのだ。傷はすっかりと治っていたようであったが、彼は以前と変らず私にも優しい心遣いを示し、例の布鞄の件には触れることもなかったので、われわれふたりはたちまちにして旧来の友情を回復するところとなり、ミルク・コーヒーのおかわりをしたのであった。支払いがガライの財布からなされたことはいちいち断るまでもない。

しかし現在という幕が既に始まっているというのに、過去の一部始終をくどくどと述べる必要が果してあるだろうか。私は今――いかに鈍感な人といえども、とうにお気付きのこととは思うが――われらが不屈のチャンピオンがその執拗なる努力と天賦の創造力とを以て、ガライ広場に花開かせた途方もない展示のことを語ろうと思っているのだ。そのすべては、かのウェスターン・バーでそっと声を潜めて謀られたことなのだ。ビールのジョッキがミルク・コーヒーと入れ替ったが、ふたりは飲んでいるのが何なのかも気にかけないほど話に夢中になっていたのであった。この時のことだったのだ、ガライが計画案を私に耳うちしてくれたのは。その計画というのは、〈アンタルティド・A・ガライ彫刻展〉と書いた薄い金属の小看板を二本の松材にとりつけ、エントレ・リーオス通りの、通行人の目につきそうな場所を選んで据えつけておくことに他ならなかったのである。私は初めゴシック書体で書くことを主張したのだが、最後には赤地に、普通の書体で書くことに同意したのだ。市当局の許可も取らずに、夜警も眠り込んだ深夜の暗闇を幸いにふたりは雨の中ずぶ濡れになりながら〈標識板〉を突き差して歩いたのだ。一仕事終ったところでふたりはすぐさま別方向へと散ったのである。警察に捕ってはかなわない。当時も私の住居は角を曲ったところのポソス通りにあったのだが、彫刻家の方は遙かフローレス広場のそばの住宅街まで、市中を横切って逃げ切らなければならなかったのだ。

　翌朝熱望の虜となった私は、友人の機先を制するつもりで、薔薇色の夜明けとともに緑に囲まれたガライ広場へと降り立った。〈標識板〉の上には夜明けの太陽がきらきらと輝き、小鳥たちも朝の挨拶を囀り鳴いていたのだ。勿体をつけたつもりで私は、ゴム引き布のひさしつきの平らな帽子と螺鈿ボタンのついたパン焼き職人用の作業衣を着用におよんだのである。入場券はといえば、先の展覧会の切符の余りをフ

＊1―謹告。この機会を利用して各出版社の皆様に、オノリオ・ブストス＝ドメック著『ドン・イシドロ・パロディの六つの問題』（一九四二年）の速かなる翻訳出版をお薦めする次第です（著者註＋訳者註）。

ァイルに差し込んでおくという用意を怠らなかったのだ。ぶつぶついわずに五十センターボの入場料をあっさりと支払ったしおらしい――お望みなら、気まぐれな、とでも言い換えるが――通行人たちと、三日と経たずに告訴という挙に出た建築家組合の諸君とを較べてみるがいいのだ。何という相違であることか。いんちき弁護士連中の主張とは裏腹に、事は極めて単純にして明白なのである。非常に手間取ることにはなったが、今では歴史的な建造物のひとつとなっているパストゥール通りの事務所で、われらが弁護士のサビニー氏はそれを納得したのであった。しかし当の判事は――いよいよという時になったら、切符の売上げからのひとつまみで鼻薬を嗅がせなければならないが――今のところ慎重に検討中の模様なのである。私としては最後にほくそ笑む心づくろいをしているところなのだ。さて、皆様御承知のように、ここでいうガライの彫刻作品というのは、奇しくも同名のガライ広場において展開されるところとはなったが、その上空を含めてソリス通りとパボン通りとの交差線上の建物――もちろん木々やベンチや小川やそこを横切る市民達をも取り囲んで――が仕切った全空間そのものであったのだ。ここで必要とされるのはただ各人の選択眼のみであった！

追記　ガライの計画は拡大の一途を辿っている。訴訟の結果がどのようになろうとも、彼としては今、第四の展覧会開催を構想中なのである。それはヌーニェス全域を取り込むことになるだろう。明日は、かくも模範的にしてアルゼンチン的なる彼の作品が、ピラミッドとスフィンクスを含む全空間を併合することにならぬとは誰が保証しえようか。

失われしを嘆く勿れ

それぞれの世紀は、その最高の器官であり、真正のスポークスマンである著作家を生み出すのだ、といわれてきた。慌ただしい時代である今世紀後半の代表的著作家は、折好くこのブエノスアイレスに居を定めているが、当地で一九四二年のたしか八月の二四日頃に生を享けている。その名はトゥリオ・エレーラで、著作としては『弁明』(一九五九年)、詩集『起きよ早く』(一九六一年、ブエノスアイレス市文学賞第二席)及び一九六五年に完成、発表された小説『光ありたり』の三冊がある。

『弁明』は奇妙なるエピソードにその起源を有している。一族のひとりで、過去六回にわたって盗作事件を引き起していたポンデレーボ神父の盛名に対する羨望が念入りに仕組んだ目論見——これはエレーラの十八番といってよいのだ——をその起源としているのである。縁者も一般の人々も共に心中では、この若者の筆がその伯父のために吐露した共感あふるる鑽仰の言葉に感じ入らないわけにはいかなかった。しかし、批評家がこの本のまことに奇妙なる側面に気付くまでには、二年の歳月を要しはしなかったのである。弁明全体を通じただの一度といえども弁護さるべき当の人物の名前すら出てこず、又告訴された問題の著作や伯父が参考にしたと思われている種本の発行年等についても何ら言及するところがなかったのである。二、三の文学探偵たちの議論は、この種の手品は著者の並外れて細心な心遣いから生じたものであるというところに落着いた。時勢から遅れたというわけなのだろうが、慧眼の士の中にも、これこそが新美学のデビューであることを看破したものはいなかったのだ。これと同じ美学が又『起きよ早く』の個々の詩の成立にも寄与していたのである。平均的なる読者の幾人かは題名の単純さに魅かれて、この一本を購入する羽目にもなろうが、その意味するところを感知するなどとはまず考えられないのだ。最初の一行はなるほど

食人鬼は貧しく持たずに住まう。

と読めるが、わがトゥリオがかの征服者エルナン・コルテスの例に倣ってか、次から次へと自らの宿営地を焼き払っていたとは気付く由もないのである。黄金の鎖は残されてはいた。しかし失われた二、三の環をば復元する必要があったのである。

あるサークル――同心円的なるサークル、とでも呼んでおこうか――では、これらの詩は不分明であるとの評価を受けた。この間の事情を説明するのに、次のような逸話ほどよい例は他にあるまい。全くの創作といってよいようなものであるが、その逸話によれば、われらが詩人は、体にぴったり合った麻布の服に薄い口髭、それにスパッツという出立ちで颯爽とアルベアール大通りに現われ、セルブス男爵夫人に挨拶を送ったというのだ。言い伝えるところに従えば、詩人はこう言ったというのである。「奥様、久しく咆え声を拝聴しておりませんでしたね。」

意味するところは明らかである。詩人は挨拶するに当り、男爵夫人の引き立て役である狆の鳴き声に触れているのである。このいささか短かめの挨拶は、常識的なる礼儀作法から外れるところありといえども、

エレーラの流儀なるものを閃光の如くに印象付けるものである。中間部分については全く触れるところなく――おお、何たる簡潔さであろうか――男爵夫人と咆え声とをすばやく接続しているのである。同じ方法論が前述の詩にも適用されていたのである。創作ノートが現在われわれの所有するところとなっており――これは強健そのものの詩人が、若さと健康の絶頂で急死でもしてくれたら直ちに印刷にまわせるのだが――そこで見る限り「食人鬼は貧しく持たずに住まう」なる一行は、もともとこんなには短くなかったのである。途方もない切断と剪定の作業が加えられて、今われわれの眼を眩惑させている総合へと達したのであった。第一稿は左のようなソネット風の四行連句から成っていた。

クレタの**食人鬼**ミノタウロス**は**
己が住み家の迷宮に幽居し
貧しく病んだ吾は頭上に
屋根を**持たずに**淋しく**住まう**。

題名について一言付け加えれば『起きよ早く』というのは、そもそも〈夜中に**起きよ**、そうすれば夜明けは**早く**やっては来ず〉という古来伝承され繰り返し甦っている格言――その原形はつとにコレアスによって記録されている――の近代的なる省略形というべきものなのである。

さて次には小説の方へ移ることにしよう。エレーラは四巻の手書き原稿をわれわれに売却したが、同時に当面出版することは厳しく禁じたのであった。われわれが彼の死の早からんことを切に願っているのは、こういう事情があるからで、いつまでも生きていられたことには、老舗の印刷会社ラニョー社へ原稿を渡すことができないからなのである。しかし事があっさりと解決するとはどうしても思えないのだ。なぜなら著者の強壮なる体軀というものは、その深呼吸ひとつによって周囲の人々が酸欠状態に陥るという程のたくましさであって、急死でもして読者の正常なる好奇心を満足させるなどということはまったくもって考えられないからである。そういうわけで顧問弁護士とも相談した結果、一足お先に荒筋とラフな形態的発展過程を公開することに踏み切った次第なのだ。

題名の『光ありたり』はもちろん、聖書の中の一句「**光**あれといいたれば光そこに**ありたり**」から途中の数語を――これは避けられぬことなのだ――すっぱりと刈り取ったものである。内容は二女性が張り合うという話で、このふたりの名前が同じでしかもふたりとも同じ男性を恋することになるのだが、その男性は又全巻中ただの一度しか触れられておらず、しかもその際誤った名前で呼ばれているのである。というのは作者がいつもの遣り方で唐突に――これは作者並びに読者の名誉とするところであるが――アルベルトの名で呼ぶが、本当の名はルペルトなのである。第九章においてルペルトの名が出てくるのは事実だが、この場合は全くの別人で典型的な同名異人の例なのであった。二人の娘は深刻な角突き合い状態となり、ついには一方が多量の青酸カリを盛るという結果になる。この凄惨なる場面はエレーラが蟻の忍耐を以て書き上げ、しかる後に刈り取ってしまったものである。忘れ難いもうひとつのカメオは、ロベルトが愛していたのは死んでしまったライバルではなくしてこの自分であったことがわかり、毒殺者がその無益なる毒殺を遅まきながら悔いる場面である。画龍天晴ともいうべきこの場面をエレーラは委曲の限りをつくして構想したが、後続する不可避の削除を慮って、実際に書くことは差し控えてしまったのだ。ここでは契約が猿ぐつわをかませているせいで、ごく簡略にした形でしか述べられなかったが、この意外なる結末こそ、現代小説が達成したまことに偉大なる成果のひとつであることに議論の余地はないであろう。読者の眼前に現われる登場人物はすべてエキストラにすぎず、それは恐らく他の小説からの借り物であって、筋には何らの関係も持たないのである。見当違いの会話をえんえんと続ける一方、話の進行自体には何らの関心も寄せないのである。誰も——特に読者は全くといってよいほど——疑いを差しはさむことがなく、それどころか、この作品そのものはまもなく数ケ国語に訳され、激賞の帯で飾られることになるのである。

本稿を閉じるに当って、遺言執行人としてのわれわれがお約束したいのは、脱落・削除部分を復元した完全原稿の出版ということである。それは予約、前払いの条件で、著者の死後直ちに提供されることになるだろう。

又、同時にチャカリータ共同墓地に建立予定の著者の彫像についても寄付金の公募が行われている。彫刻家サノーニの制作になる彫像は、この芸術的暗号作家を称えるのにふさわしく、片方の耳と顎と一足の靴とから成るだろう。

かくも多様なるビラセーコ

批評界の精華——名探偵セクストン・ブレークにも比すべき評者連のいとも高尚なる才筆は、今は亡きビラセーコの多彩なる作品群が、今世紀スペイン語詩の歴史を何者にもまして要約体現している旨、声高に主張している。ビラセーコの第一作は「煩悶の心」（一九〇一年）という名の詩でフィッシャートン（ロサリオ）の『海外通信』誌上に登場したが、まだ自己自身の模索を繰り返し、しばしばだらしなく崩れ落ちるといった態の、初心者の、とはいえ心搏つところなくはない、小品であった。内身より湧き起る天賦の才による作品というよりむしろ、読者としての作品というべきものであった。というのは大部分が他者の影響、ギド・スパーノやヌニェス・デ・アルセ、特にエリアス・レグーレスの著しい影響下にあったからである。一言でいうならば、もしビラセーコの後続の作品にあのような強力なる照明があてられることがなかったとしたならば、この種の若気の過ちに思いを馳せる如き人はいなかったといわねばならない。続いて「牧羊神の嘆き」（一九〇九年）が発表された。長さと韻律においては前作と変るところがなかったが、当時流行のモデルニスモの刻印を帯びた作品であった。その次にビラセーコはエバリスト・カリエゴの衝撃を受けるところとなった。一九一一年の十一月発行の『素顔と仮面』誌上の「仮面の舞踏者」がわれわれが彼に負う第三作ということになる。ブエノスアイレス近郊の歌い手が彼に与えた偏向にもかかわらず、「仮面の舞踏者」には、ロンゴバルディの有名なさし絵付きで『プロア』誌に掲載された、成熟期ビラセーコの作品「万華鏡」が体現している紛う方なき個性と高貴なる品格とが既にして力強く露出していたのである。ことはそれで終りはしなかったのだ。数年後に彼は意図的なる風刺詩「毒蛇の詩」を発表したが、極めて厳格なる用語法は、金輪際彼から一定量の古語使用を奪い取ってしまったのである。一九四七年「女隊長エビータ」が鳴物入りで五月広場にデビューした。数時間後には文化庁副庁官に任命されたビラセーコは、これにより生じた有り余る余暇をば次なる詩作品の構想にあてたのであった。ああ、これが最後の詩になろうとは誰が予想しえたであろうか。というのはビラセーコはいまだに蛸のように生にしがみついているトゥリオ・エレーラを置き去りにして、まもなくこの世を去ってしまったからである。彼の白鳥の歌となった「旧態依然頌」はあまたの政府高官に捧げられていた。花開く老齢の只中で急死するところとなったが、四散していた雑多な詩作品が運好く一本に取纏められることができたのであった。葬儀屋が彼を運び去る直前に、われわれの友情ある説得によって、遺言状としてサインされた感動的なる私家版については、ポソス通りの私の住所まで予約の労を取ることをいとわない選ばれたる愛書家の諸君に対し、分け与えられることとなろう。一冊ずつ小まめに番号をふられた、五百部の羽根のように軽い用紙で造られた事実上の初版本は、現金受領次第郵送されるであろう。近頃の千鳥足の郵便はまったく当てにはならないけれども。

十四ポイント・イタリック活字で印刷された詳細なる分析的序文は、私自らの手になる一文であるが、これがため私は物質的に不如意な状態におかれ、それがしばしば分析の鋭さそのものを鈍らせることとはなったのだ。その結果、郵便代並びに発送雑費の援助を仰がねばならなかった、という次第なのである＊1。

大事な仕事を抱え込んでいたというのに、今では雑用係に成り果ててしまったこの私は、貴重なる時間をばビラセーコの七つの労作を読むことに費やさなければならなかったのだ。このようにして私は、七つの詩作品が題名を別とすればまったく同じものであることを発見したのであった。コンマひとつ、セミコロンひとつ、単語ひとつとして異ってはいなかったのだ！　偶然が幸いしたというべきこの発見は、もちろん、ビラセーコの多様なる作品群を真面目に評価するに際しては何らの影響も与えるものではないし、今頃かような事柄に言及するのも単なる慰みにすぎないのだ。とはいえこのいわゆる欠点なるものは、われらが私家版に疑う余地なき哲学的な広がりを付与するものといわねばならない。枝葉末節はあるいはピグミーの足を泥沼へはまりこませる恐れなしとはしないが、芸術は一にして無二なることを再確認せしめるものだからである。

*1―資金援助者の素姓に関しては、ただ今優良書店にて市販中の必須便覧『ブストス＝ドメックのクロニクル』（国書刊行会、一九七七年）所収の「ラモン・ボナベーナとの一夕」を参照のこと。

われらが画工、タファス

強く引き返す象徴的なる大波に呑まれて、わが偉大なるホセ・エンリーケ・タファスのおそれ多き思い出が危機に瀕している。既に一九六四年十月十二日タファスは、上流人士の集うクラロメコの海水浴場において大西洋の波間に没していたのだ。若くして水没し去ったものの、絵筆使いにおいては老練ぶりを発揮していたタファスは、後に残されたわれわれに、厳密なる理論と光輝くばかりの作品群とを託していったのである。彼をのっぺらぼうな抽象画家集団の一員と混同することはまことに嘆かわしい錯誤なのである。タファスの達したゴールは抽象画家たちのそれと同一ではあったものの、その軌跡はまったく異っていたからである。

私は心の特等室に、ある九月の穏やかな朝の記憶をひそかに育くんでいるのだ。その日われわれ両人は偶然の導くままに、五月大通り《アベニーダ・デ・マーヨ》とベルナルド・デ・イリゴエン通りの交差点の南端に今もそのきらびやかなシルゥエットを投げかけているあのキオスクで、知り合うことになったのである。共に青春に酔い痴れていたふたりは、その時同じカフェー・トルトーニのカラー絵葉書を買うためにその場所へ現われたのであった。この偶然の一致が決定的に作用するところとなった。笑顔の交換から始まった親密さを、卒直なる会話が仕上げることになったのだ。この新しい友人が、最後にロダンの〈考える人〉とエスパーニャ・ホテルの絵葉書を買うのを見たとき私の心をかすめた奇異の念を、ここで隠そうとは思わない。共に芸術の崇拝者であったわれわれふたりは、たちまちにして肝胆相照らすところとなり、引き続き現下の諸問題を論じ合うという進展ぶりであったのだ。一方は既に一廉の短篇作家として名を成していたが、他方は有望ながらほとんど無名な、まだ絵筆をくわえてうずくまっている男にすぎないという状況が、普通予想されるように、会話を台無しにしてしまう、ということはなかったのである。後見役としてのサンティアーゴ・ギンスベルクの令名――彼はタファスの友人でもあったのだ――がふたりにとって第一の橋頭堡となった。続いて当時のさる大立物にまつわるあまり芳しからぬ逸話がしばし話題となった後、泡立つジョッキを片手に、次から次へと様々なる話題をめぐって、飛ぶが如くに軽やかに話が弾んだのだ。そして、次の日曜日、茶房〈混合列車〉で再会することを約束して別れたのだった。

その再会時のことであった。自分の遠い祖先は回教徒であって、父親もこの浜辺に絨毯に包まって辿り着いたのだと打ち明けた後に、今自分が画架を前にして何を目論んでいるのかを、私に詳しく説明しようとしたのは。マホメットのコーランには、と彼は言った、フニン通りのロシア系ユダヤ人ではないが、人面、身体、容貌、鳥、子牛、その他生物の描写一切が事細かに禁じられている。アラーの戒めを犯すことなしに、絵筆とペインティング・ナイフを動かすことはいかにして可能か。幾度か失敗を繰り返した後、やっとのことで彼は勘所を摑むことができたということであった。

コルドバ出身のひとりのスポークスマンがタファスの耳に吹き込んだところによれば、技法の革新を行わんとするものはまず、現在伝わるところの技法を完全にマスターし、いかなる老大家にも劣らず諸規則に通暁していることを立証しなければならない、即ち伝統的諸形式の破壊は現代という時代の強く要求するところではあるが、芸術家の卵としてはまず伝統的形式の一部始終を熟知していることを証明しなければならない、ということになるのである。以上いみじくもルンベイラが指摘しているように、われわれは豚に投げ与える前に、伝統のすべてをばまず食い尽さねばならないのである。タファスはまことに気立ての好い人物であったから、この至極もっともなる言葉をしっかりと肝に銘じ、以下の如くに実行に取りかかったのであった。第一に、写真そのままの正確さを以てブエノスアイレスの風景を描写した。市街部に限られてはいたが、ホテルや茶房、キオスクや彫像等が描かれた。そして彼はこれらの絵をいかなる人にも——バーでビールを飲み合う一心同体の友にさえ——見せなかったのだ。第二に、その細密なる風景画をパンのかけらと水道水によって消しにかかったのだ。第三には、その上に靴墨をなすりつけることにより〈作品〉そのものを真黒にしてしまったのだ。そしてタファスは、今や一様に漆黒色を呈している完成寸前という作品群のひとつひとつに、正しいタイトルを貼り付けることに腐心したのである。それによって観者は初めて、これが〈カフェー・トルトーニ〉で、あれが〈絵葉書を売るキオスク〉なのだと見分けることが可能となったのである。もちろん値段についても一様ということではなく、微妙なる色調の相違、遠近法の厚み、構図等々によってこれら消去絵画の値段は変るのである。ところで、抽象画家側からする公式の抗議——彼らとしてはタファスの画題そのものを容認できなかったのだ——がある一方、美術館の方では彼の手になる十一作品の中から三作品を選んで、天文学的なる金額——それ故納税者は口を噤んだのだが——で買上げるという範を垂れたのであった。言論機関の批評は又、一般に称讃へと傾いたのであった。それも誰某がこっちの絵にほれこむかと思えば、何某はまったく別種の絵にほれこむといった有様ではあったが、ともかくすべては敬意あふれる批評には変りなかったのである。

これが即ちタファスの作品なのである。聞くところによれば、生前タファスは土着のテーマに基く大壁画を製作中であったということである。それは北部地方に居た頃に構想されたものらしく、ひとたび描写された後、靴墨で仕上げられるはずのものであったのだ。水による事故死が、かかる傑作をばわがアルゼンチンから流し去ったということは何という痛恨事であろうか。

衣裳革命Ⅰ

伝えられるところによれば、この錯綜せる革命は保養地ネコチェアで始まったのである。時は——つまりこの革命が繰り広げられた興味あふれる期間というものは——一九二三年から三一年までで、主要なる登場人物としては、エドゥアルド・S・ブラドフォードと退職刑事であるシルベイラの両人があげられる。前者については、その社会的背景なるものがはっきりとはしていないが、とにかくネコチェアの古い板張りの海浜遊歩道における名物男には違いなかったのだ。とはいえこの事実は、彼がダンスパーティーや慈善福引会、少年少女の誕生祝賀会や銀婚式、はたまた十一時のミサやビリヤード・サロン、そして海浜のいとも上品なる小別荘に姿を見せることを妨げるものではないのだ。多くの人々は彼の身なりを今でもよく記憶している。しなやかなつばをもった柔らかいパナマ帽、鼈甲の眼鏡、うねりつつその素晴らしい両唇をまったく隠してしまうにはいたっていない染めた口髯、ウイング・カラー、蝶ネクタイ、輸入ボタンつきの白いスーツ、カフス一対、中背といってよい彼をやや高めに見せているハイ・ヒールのブーツ、そして右手にはマラッカ・ステッキを持ち、左手に持った淡い色の手袋は大西洋のそよ風に休みなく穏やかに閃いているのだ。その話しぶりは優しさに満ちあふれ、対象も又多方面にわたっていたが、行き着くところは必ずや裏地、肩あて、三折裄、ズボンの臀部、紳士用小間物類、ビロード製のカラー、オーバーコート等々の話題なのであった。この程度の偏愛ぶりというものは、さして驚く程のことでもなかろうが、彼ブラドフォードには、しかし、並外れた寒がり屋の一面があったのである。海で泳いでいるのを見た人はまずいない。ただ肩の間に頭部全体を埋めるようにして、腕を組み或は又ポケットに手を突っ込むかして、まるで悪寒にでも襲れているかのように小刻みに震えながら、遊歩道を端から端まで行きつ戻りつしていたのである。鋭敏なる観察者の眼が見逃さないもうひとつの特徴は、折り襟と左のポケットをつないでいる時計の鎖の存在にもかかわらず、彼は時間を教えることを意地悪くも拒み続けたという一事である。それに寛大さにおいては衆目の一致するところではあったが、レストランに入ったとしてもチップをあげるわけでもなく、又乞食にもびた一文の施しさえしなかったのだ。そのかわりといっては何だが、そこらじゅうやたらに咳を撒き散らしていたのである。彼はあくまで人当りは好かったものの、称讃に価する高みに身を持し、周到に人々との間に一線を画していたのであった。そのお気に入りのモットーは「われに触れるなかれ」であった。すべての人の友でありながら、誰一人としてその家に招じ入れようとはしなかったのだ。あの運命の日、一九三一年二月三日がやってくるまで、ネコチェアの社交界は、彼の家がどこにあるのかを詮索してみる気にもならなかったのだ。ある日のこと、ひとりの男が証言したところによれば、先日右手に札入れを持ったブラドフォードがキロス画材店に入って行き、その札入れに加えるに大きな円筒形の包みを持って出てきたところを見た、ということであった。もしこれが暗黒街で鍛えた退職刑事のシルベイラ先生の眼識と執拗さの気を引くことがなかったとしたならば、多分この問題は依然としてベールに包まれたままだったのだ。だが、これがシルベイラの持ち前の猟犬本能を刺激するところとなり、彼の不信はふくらんでいったのである。それからというもの、シルベイラは用心深く尾行を続けた。ブラドフォードの方は全然気付いていないように見えたのだけれども、町外れの暗闇が幸いしたのだろうか、夜毎シルベイラをまんまと出し抜いたのであった。ところでこの尾行活動が界隈一帯の噂となってしまい、とうとう人々は、次から次へとブラドフォードから離れてゆくようになり、その挨拶も、陽気なやりとりからそっけない会釈へと変っていったのであった。とはいいながら公然たる取巻連中といった人々は、この際忠誠ぶりを再確認してもらわんものと優しき心遣いを以て周囲に群ったのである。その上路上には彼を真似る新参連中が出現する始末で、よく観察してみると、やや色調は薄暗く明らかに落ちぶれ果てた様相を呈していたものの、彼同様の身なりをしていたのである。

シルベイラが仕掛けた爆弾が爆発するのにさして長い時間は要しなかった。あの運命の日、退職刑事本人に率いられたふたりの私服が名無し通りにある掘立小屋の前に現われたのだ。何度かノックをしたけれども、ついにはドアをばこじ開けて、ピストルを片手に崩壊寸前の小屋へと踏み込んだのだ。ブラドフォードはその場で降伏した。さっと両手を上げはしたが、マラッカ・ステッキは放さず、又帽子も取らなかったのである。シルベイラは、時を移さず、わざわざ目的あって用意してきたと思われるシーツで彼を包み込み、泣きわめくのも容赦せず引き立てていった。軽い体重が警官たちの注意を引いたことではあった。

信頼の悪用並びに羞恥心の侵害の廉でコドビッジャ検事に訴えられたブラドフォードは、即刻罪状を認め、使徒達を落胆させたのである。当然、真相は公然たるものとなった。一九二三年から三一年まで、遊歩道の紳士ブラドフォードはネコチェアの街を裸身で歩いていたのである。帽子も鼈甲眼鏡も口髯もカラーもネクタイも時計の鎖もスーツとボタン一式もマラッカ・ステッキも手袋もハンカチもハイヒールのブーツも、すべては皮膚のタブラ・ラサの上に描かれた彩色画に他ならなかったのである。かかる困難時には、戦略的に配置された友人たちの機を失せぬ影響力の行使というものが大いに助けとなるところであるが、もはやあらゆる人々が彼に背を向けていたことが明らかとなったのであった。彼の経済状態は貧窮のどん底にあったといってよい。眼鏡ひとつ買う金にも困っていたくらいだったのだ。その為に、彼はマラッカ・ステッキを含めて、すべての服飾を描かなければならなかったのだ。判事は被告人に対し厳正なる法の裁きを下した。だがブラドフォードは監獄における殉教の日々、再び先覚者として蘇ったのであった。彼はそこで気管支肺炎のために死んだが、身につけていたものといえば、痩身の上に描かれた縞模様十数本の他にはなかったのである。

　現代生活の利便性を探り当てるに敏なる嗅覚の持主であるカルロス・アングラーダは、早速、『ロフィシエル』誌にブラドフォードに捧げる一連の論文を発表した。〈ネコチェア板張り遊歩道にブラドフォードの彫像を設置するための委員会〉の会長として、彼は又署名と相当なる額の寄金を集めたが、現在までのところ記念像の設置が具体化しているという話は聞かないのである。

　もっと抜かりなく両義的なる態度をとったのは、ヘルバシオ・モンテネグロその人であった。博士は夏季大学において絵にかく衣裳について連続小講義を受け持った。これにより裁縫業界の人々はその将来に不安を抱くようにはなったのだが、屁理屈ばかり言って何ら実行するところのない博士の態度は、直ちにアングラーダをしてかの有名なる嘆き——死後においても奴等は彼を侮辱するのだ！——を吐かしめたのである。それだけで満足するはずもないアングラーダは、モンテネグロ博士に対し、リングを選ばぬ一戦を挑んだのであったが、回答を待ち切れずしてとうとうジェット機に乗り込んでブーローニュ・シュル・メールへと飛んでいったのだ。一方、彩色ピクト族の一派はその戦列を増した。最も勇敢なる新進気鋭の連中は、先覚者、殉教者の行いを正確になぞるという止むを得ざる危険に直面することとはなったが、その他の人々は、何事をも穏やかに真似るという習性に従いつつ、中庸の道へと逃げ込んだのである。つまり、純毛の鬘をつける一方で単眼鏡《モノクル》を描き、その上に消えない入れ墨の上着を組合わせる、といったあんばいなのである。ズボンに関してはこの際沈黙を守ることにしたいと思う。

しかしこれとて杞憂にすぎなかったというべきだろう。反作用が現れ始めたからである。当時羊毛製品センターPR局長の職にあったクーノ・フィンゲルマン閣下が、『衣服の本質は保温にあり』という名の本を出版し、その後直ちに『衣服をつけて街に出よう！』なる続篇がこれに続いたのであった。かかる盲打ち的なる行為も、若者グループのひとつぐらいにはその反響を見い出すことができた。彼らは、その点われわれにもよく理解できるところではあるが、実際的行動への衝動というものに促されて〈トータル・スーツ〉と名付けた球状の被いを着用して街へと繰り出したのであった。トータル・スーツには隙間ひとつなく、その幸福なる持主をば頭から足にいたるまですっぽりと包み込んでいるのであった。使用された材料は大概なめし皮と防水ズック地で、後に打撃を緩和させる目的で羊毛製マットレスがこれに加わったのだ。

審美的なる側面が不足していたが、それはセルブス男爵夫人の補うところとなり、新たなる出発が開始されたのであった。まず第一段階として垂直主義への復帰があり、手足の自由が保証されるところとなった。金属工、クリスタル工、ランプ並びにランプ笠製造職人との共同作業によって、男爵夫人は後に〈柔軟衣裳〉と呼ばれるものを造ったのである。重量の欠陥——敢えて否定する者はいない——を除けば、この衣裳は着用者に対し極めて自由なる動きを保証するのである。金属性の部品で構成されているため、一見潜水夫や中世の騎士、はたまた昔薬局に必須の天秤を連想させるが、道行く人の目を眩せる回転式の閃光も装備されているのだ。その上断続的なる鈴の音を発する装置も備えられており、これが耳に快い警笛の役目を果していることは一般に承認されているところなのだ。

セルブス男爵夫人からはふたつの流派が派生した。聞くところによれば、男爵夫人としてはどちらかといえば第二グループの方に肩入れをしているようではあったが、第一グループというのはプチブル的なフロリダ派で、第二の方は下町風なボエド派であったのだ。両派の構成員それぞれは、色調、文《あや》については互いに一歩といえども譲歩しはしなかったにもかかわらず、街には繰り出しはしないという一点では双方合意に達したのであった。

衣裳革命Ⅱ

つとに指摘されているように、〈機能的〉なる言葉は建築界においてはほとんど廃れてしまったとはいえ、ファッション界においては、逆に今こそ華々しい地歩を占めるにいたっている。紳士服なるものが、批判的な再検討の動きにとって格好の攻撃目標となったことは否めない事実である。故に、反動側からする空しい擁護論——上衣の返し衿、ズボンの折り返し、かがり穴なしのボタン、節だらけのネクタイ、詩人なら〈帽子の台石〉とでも表現しそうな帽子のバンド等々の附属物が、優美さの観点からいかに多大の貢献をなしえているか、ましてやどれほど大きな実用性をも兼ね備えているか等々——は一敗地に塗れたのであった。かくして役立たずの装飾品の呆れるばかりの専横状態が、白日の下に曝されるところとなったのである。この点に関し、ポプレの判断は決定的であった。

新秩序はアングロ・サクソンのひとりサミュエル・バトラーの一節から生れたことを確認しておきたいと思う。バトラーの論旨というのは、いわゆる人体は精神力の物質的投影であり、慎重なる観察の下では顕微鏡と肉眼との間には何らの相違点もなく、前者は後者の完成そのものに他ならないというものである。あのスフィンクスの言いふるされた謎語が示すように、杖と人間の足についても同様の確認がなされうるのである。人体はつまりは機械なのである。手はレミントン銃そのものであり、臀部は木製のあるいは電導性（！）の椅子であり、スケーターはスケートそのものに他ならない。それ故、今日支配的なる機械化の潮流から逃れんとする焦躁感にはまったく根拠がないといわざるをえないのだ。人間というものは結局のところ鼻眼鏡と車輪つきの椅子が仕上げることになる粗雑なデッサンにすぎないのである。

よくある例ではあるが、ここでも影で操作する夢想家と企業家との幸福なる結合によって、飛躍的な一大進歩がもたらされたのである。夢想家ルシオ・セボラ教授が総論を受け持ち、今ではセボラ＝ノタリス機能衣裳商会として発展している、かの有名なるモンキー金物雑貨商会のボスであった実業家のノタリス氏が実際面を担当したのだ。関心のある向きはどうかその近代的なる店舗を気軽に訪問されることをおすすめしたい。必ずや手厚い持て成しを受けることであろう。待機している専門家が、貴方の要求するところを的確に察知し、十分お役に立つこと受け合いの特許品〈師匠手袋〉を特別価格でおわけすることになるであろう。この〈師匠手袋〉は厳密にそれぞれ両手の親指から子指に対応する下記のような延長指五本を備えたふたつの手袋から成っている。一方は、ドリル、コルク抜き、万年筆、ゴム印、小刀のセットから成り、他方は、突錐、ハンマー、合い鍵、こうもり傘＝ステッキ、溶接吹管のセットから成る。多分、〈デパート帽〉に興味を示される方も多いことであろう。これは食料品や貴金属、その他諸々の物《ぶつ》の運搬に最適の商品である。それからまだ売り出されてはいないが、〈書類入れスーツ〉という名の商品があり、ポケットのかわりに小引き出しが数多く備えつけられているのである。〈二重ばねつきズボン尻〉については、椅子製造業組合の反対があるものの、消費者側からの圧倒的なる支持の下に、ただ今ブームの頂点にあるので、ここであらためて宣伝することは差し控えたいと思うのだ。

斬新なる観点

先頃、南仏ポーで開催された世界歴史家会議において勝利を得た純粋歴史学なる概念は、逆説的にいえば、まさにこの会議そのものの正確なる理解にとって最大の障害となっているのである。早速この考え方に公然と違反することになるのであるが、われわれは国立図書館の地階にある定期刊行物室に沈潜して、本年七月発行の雑誌類をいろいろと調べてみた。激烈なる討論とその果てに到達されるにいたった結論とが、細大洩らさず詳細に記録されている数ケ国語の議事録がいま手元にある。この会議の議題はそもそも〈歴史学は科学か芸術か〉というものであった。オブザーバーが伝えるところによれば、両陣営の双方がそれぞれ科学的歴史観と芸術的歴史観を擁護せんがために、ツキジデス、ボルテール、ギボン、ミシュレの名を引き合いに出したということである。――ここで、わがチャコ州代表のガイフェロス教授が、勇敢にも全参加者に向って、中南米圏各代表(もちろんチャコ州を手始めとしてだが)に対して数票の議決権を持つ特権的なる椅子を振り当てるよう提案した事実に対し、称讃の言葉を捧げるという好機を逃す法はないと考えるのである。――さて、よくあることともいえるが、ここでも予測されえぬ事態が発生したのであった。というのは、満場一致の賛同を勝ち得たのが、ご承知のことでもあろうが、ツェバスコ博士の提案になる〈歴史とは信仰の行為なり〉という概念なのであった。

実際、この一見唐突で革命的な提案が会議の合意を得たことについては、既にして十分なる機運が熟成していたという見方も可能なのである。なぜならこの考え方というものは数世紀にわたる長い忍耐を経て、何回となく反芻され準備されてきたものなのである。事実、何らかの先例なるものが幾分無造作に先鞭をつけていなかったような歴史便覧や歴史教科書の類といったものは存在しないのである。例えば、クリストファー・コロンブスの二重国籍、アングロサクソンとゲルマン双方に一九一六年の時点で同時に帰せられたユトランドの勝利、そして著名なる作家ホメーロスの七つの生誕地、これらは一般読者が直ちに思いつくところのほんの一掴みの例にすぎないが、これらすべての例においては、自国に個有のもの、土着のもの、自国の利益になるものを是が非でも認めんとする意志の萌芽が脈打っているのである。さて、公正無私なる態度でこの慎重なる記録を認めている現在、タンゴ王カルロス・ガルデルの出生地を巡る論争が耳を聾さんばかりに聞えてくるのだ。ある人々にとってはブエノスアイレスが生んだアイドル、又一部の人にとっては河向うのウルグアイの人、その実彼は南仏トゥルーズの出身なのである。これは相対立する進歩的なる両都市、モロンとナバロとの間で論争中のファン・モレイラの場合と同様なのだ。花形騎手レギサーモについては、残念ながらウルグアイ出身ではないかと恐れるのみで多くは語るまい。

さて、この辺で話を本論に戻してツェバスコ博士の宣言文を引用してみよう。「歴史は信ずるという行為である。古文書も記録も考古学も統計学も古銭学も、事実そのものさえ、意味を持つことはできない。歴史はいかなる遅疑逡巡とも無関係に、ただ歴史にのみかかわりを持つものである。古銭は古銭学者に、パピルスはパピルス学者に任せればよいのである。歴史学はエネルギーの注入であり、生気を吹き込む息吹に他ならない。力の鼓吹者たる歴史家は、誇張し、陶酔させ、意気を高め、猛り立たせ、鼓舞するのだ。

決して、宥め、気を殺ぐことはないのだ。歴史家の合言葉は、力強くさせないもの、肯定しようとしないもの、栄光とは無縁のものを即座に拒絶することなのである。」

種子は発芽を始めたのである。かくしてカルタゴによるローマの壊滅は一九六二年以来、チュニス地域において祭日として祝われており、拡張主義的ケランディ族による小屋掛け部落へのスペインの併合は、今やアルゼンチン国内において罰金により保障された真実となっているのだ。

かかる風潮に乗って、かの多才なるポブレ氏も又、精密科学が統計の累積に根拠を置かぬ旨、これを限りと断じたのであった。子供に三足す四が七であることを教えるためには、いちいち四ケのカステラ菓子に三ケのカステラ菓子を、四ケのビショップに三ケのビショップを、四ケの協同組合に三ケの協同組合を、四ケのエナメル・ボタンに三ケのウール・ソックスを加えてみせる必要は、毛頭ないのである。一度法則を理解するや、この若き数学者は三足す四が必ずや七になることを理解するところとなり、キャラメルや人食い虎や牡蠣や望遠鏡等々でいちいち証明する必要はなくなるのである。同様の方法論が歴史においても採用されなければならないのだ。愛国者で満ち満ちた国家にとって軍事的敗北などという事実は本当に必要なものであろうか。否、絶対的に否である。それぞれの当局の承認を得た教科書を例にとると、フランスにとってウォータールーの会戦は、イギリス並びにプロシァ両国に対する勝利の戦いであり、ピルカプヒオの戦いは、北はアタカマ荒地から南はホーン岬にいたるまでの全アルゼンチン領内において決定的なる勝利なのである。初めのうちは小心な連中が、かかる修正主義は歴史学の統一性を破壊させるものであり、さらに悪いことには、世界史に関する書物の出版社をして重大なる困難に直面させるものである、などと差し出口をはさんだものであるが、実際はこの種の危懼というものには確固たる根拠が欠けていることは明白なのである。というのは、どんな近視眼者といえども、これら様々に矛盾せる諸言表というものが唯一共通の源泉、ナショナリズムに由来していること、そしてこれが即ち万民にツェバスコ博士の言明の正しさを確認せしめていることを、理解しているに違いないからである。純粋歴史学は、かくして、各国民による数えきれぬほどの正当なる復讐行為の数々によって横溢しているのである。メキシコは印刷物上においてテキサス油田を回復するところとなり、わがアルゼンチンはただひとりの国民をも危険に曝すことなしに、南極氷山と譲渡不能なる南方領土諸島を奪還したのである。

まだある。考古学、聖書解釈学、古銭学、統計学は、今日もはや従属科学の地位を捨て、ついにその独立を獲得して、その母、歴史学と肩を並べる純粋科学となったのである。

存在は知覚《エッセ・エスト・ペルキピ》

古くからヌニェス界隈を好んで散策していたもののひとりとして私は、リバー記念競技場がいつもの場所から忽然と姿を消しているのに気付かないわけにはいかなかった。余りの驚きに、早速友人のヘルバシオ・モンテネグロ博士宅——博士はアルゼンチン文学アカデミーのれっきとした会員なのである——を訪ねてみたが、ここで私のエンジンは点火されるところとなったのである。その頃博士はアルゼンチン・ジャーナリズム史概観の類の一本を取纏めていたが、これは仲々によいところのある作品で、秘書はそのために大変忙しい思いをしていたのであった。証拠固めの過程で博士は偶然、本稿が取扱わんとする問題の核心に触れるところとなっていたのである。私を前にしてもう少しのところで睡魔に襲われかかった博士は、やっとのことで共通の友人である、アバスト・ジュニアー蹴球クラブ会長トゥリオ・サバスターノ氏のところを訪ねるよう勧めてくれたのだった。私は、コリエンテス通り、パストゥール通りの交差地点にあるアミアント・ビルの本部へと急行した。さて、この重役はといえば、隣人でもある掛り付けの医者ナルボンド博士から、一日二食という節食を命ぜられていたにもかかわらず、まだまだ元気そうで生々としていたのである。ついこの間カナリア群島連合軍を打ち破ったばかりなので少々得意げな氏は、マテ茶をおかわりしながら、テーブルの上に差し出された私の質問状に対し、くつろぎつつも細大洩らさず答えてくれたのである。氏とは昔、子供の頃アグエロ通りやウマウアカの街角での遊び仲間だったということを何遍か言及してみたにもかかわらず、依然その要職の威光に圧倒されっぱなしだった私としては、その緊張を打ち破らんがために、センターハーフのレノバレスがサルレンガとパロディの時機を失せぬアタックにもかかわらず、ムサンテによる歴史的なるパスを受けて見事決勝ゴールを決めたことを賞め称えてみた。すると、このアバスト・チームに対する私の賛辞を受けて、偉大なる会長は空になっていたマテ茶をひと吸いすると、まるで大声で寝言をいっているかのように、いかにも哲人風な口調で語ったのであった。

「彼らの名前を案出したのはこの私なのだ。」

「えっ、みんな本名ではないんですか」と私は悲痛なる声を発したのである。「ムサンテの名前はムサンテではないのですか。レノバレスもレノバレスではないのですか。リマルドもファンが声援を送るあのアイドルの本当の名前ではないのですか。」

彼の答は私から全身の力を抜くに足るものであった。

「何だって、君はいまだにファンやアイドルの存在を信じているのですか。君は一体どこの住人なのですか。」

丁度その時、一見消防士のような服装の小使いの少年が入ってきて、フェラバスさんが会長にちょっとお話ししたいことがあるそうですが、といった。

「フェラバスさんって、あの甘い声のアナウンサーのことですか」と私は叫んだ。「プロヒューモ石鹸提供の〈一時から三時の貴方〉のキャスターのあのフェラバスですか。この眼で本人を親しく見ることができるなんて……、本当にフェラバスという名前なんですね。」

「待たしておきたまえ」とサバスターノ氏は命じた。

「待たすんですって……。私が先に失礼した方がよろしいんではないでしょうか」と、私は心から恐縮してかしこまったのであった。

「その必要はありませんよ」とサバスターノはいった。「アルトゥーロ君、フェラバス君に入るようにいいなさい。」

　実物のフェラバスがいとも自然に入ってきたのである。私が安楽椅子を提供しようとすると、消防士のアルトゥーロは極地の空気の塊りのような視線でそれを遮ったのだ。会長の陳述が開始された。

「フェラバス君、今ディ・フィリポとカマルゴのことを話していたんだよ。次の試合ではアバストは二対一で破れなければならぬ。激戦にはなるんだが、ここが肝心のところだが、またもやムサンテのパスでレノバレスが危機を脱するようなことをしてはならない。連中はよく覚えているんだからね。必要なのは想像力、想像力なんだよ、君。わかったかね。では、下がってよろしい。」

　私は勇を振って尋ねてみた。

「するとスコアは予め決められていると考えてよろしいのでしょうか。」

　文字通り、サバスターノの答は私を粉々にしたのであった。

「スコアもなければ、チームもないし、試合も存在しないのだよ。競技場も皆取り毀されて粉々になっているのだ。今ではすべてがテレビやラジオの中で上演されるのだ。アナウンサーの胡散臭い興奮ぶりを視て、すべてが嘘っぱちではないのかと勘ぐることはなかったのかい。ブエノスアイレスで最後のサッカー試合が行われたのは一九三七年の六月二四日なのだよ。その瞬間からサッカーはその他の各種スポーツ競技同様、ブースに入ったひとりの男と運動着を身につけた数人の男達がTVカメラの前で演ずるドラマの一種となったのだ。」

「会長、そんなことを誰が考え出したのですか」と、私は思いきって聞いてみた。

「それは誰も知らないのだ。大学の教授就任式やこれみよがしの王族の儀礼訪問を最初に思い付いたのが誰なのかわからないのと同じことなのだ。そんなものは放送局や新聞社の外には存在しない代物なのだ。わかったかね、ドメック君。大衆宣伝こそは現代という時代のトレード・マークなのだよ。」

「……すると……宇宙征服は？」と、私はうめいたのである。

「あ、あれは外国製作の番組なのだ。アメリカとソ連の合作のね。疑う余地なき科学的スペクタクルの称讃に価する一大進歩だね。」

「会長、脅かしっこなしですよ」と、思わず身のほども弁えずになれなれしく呟いたのだ。「それじゃ外界では何事も起ってはいないんですか。」

「ごく僅かだけだ」と英国人風の沈着さを以て会長は答えた。「怖がるわけがわからないね。人々は皆、家庭で深々と安楽椅子に身を埋め、テレビの画面やキャスターの顔に齧りついておる。スポーツ新聞に没頭していなければね。これ以上何を望む必要があるんだね、ドメック君。これは時の偉大なる歩み、進歩の高潮というべきものなのだよ。」

「でも、もしその幻想がはじけたとしたら？」と、かろうじて私は声を発したのだった。

「はじけるはずはないのだ」と、私を宥めるかの如くに彼は語った。

「そういうことでしたら、私は墓のように沈黙を守りましょう」と、私は約束した。「私は誓います。チームや貴方や、リマルドやレノバレスに対する私の忠誠にかけて……。」

「かまうことはないんだ。何でも言ってみるがいいのだよ。誰も信じはしないのだからね。」

その時電話のベルが鳴った。会長は受話器を取ると、空いている方の手で出口の方を指さしたのであった。

無為なる機械

原子力時代、植民地主義の終焉、先進及び後進地域間の利害の衝突、共産主義の挑戦、生計費の高騰とそれに逆比例する賃金の低下、法王の世界平和への呼びかけ、わが国通貨の急速なる弱体化、労働忌避の風潮、スーパーマーケットの乱立、不渡り小切手の氾濫、宇宙空間の征服、農村地帯の過疎化と都市圏スラムへの人口流入――これらすべてが、今日、心ある人々の頭を悩ませている不安なるパノラマ絵巻きを構成しているところのものなのである。病気の診断とその処方とはひとつのものではない。しかしながら、われわれとしては予言者ぶるわけではないが、将来の国産化を目論んで輸入された〈無為なる機械〉こそは、現在、国中に蔓延している焦燥感に対する極めて有効なる鎮静剤となりうるのだ、という事実に人々の注意を喚起したいと思うのである。機械による支配というものは、もはや人々が事新しく論ずることのない自明の理となっているが、〈無為なる機械〉の出現は、かかる不可避的なる道程をさらに一歩前進させるものに他ならないのである。

世界最初の電信機はどれか、最初のトラクターはどれか、最初のシンガー・ミシンはどれか、このような設問は識者を当惑させるに足るものである。しかしながら、こと〈無為なる機械〉に関してはそれは当てはまらないのである。いかなる偶像破壊主義者であっても、世界最初の〈無為なる機械〉がミュルーズで製作され、その正真正銘の生みの親が、技師ヴァルター・アイゼンガルト（一九一四―四一年）であることを否定することはできないのだ。この注目すべきドイツ人の内部では、ふたつの異なった性格がせめぎ合っていたのである。ひとつは度し難き夢想家の性格で、これが彼をして無為の神学者モリーノス周辺の人々並びに黄色人種の思想家老子に関する重要な、しかし忘れ去られてしまった、ふたつの論文を発表せしめたのである。もう一方は、堅実で徹底的で実際的な性向を持った行動家としての彼で、かなりの台数にのぼる純工業機械を設計した後に、一九三九年六月三日、第一号の〈無為なる機械〉をこの世に送りだすところとなったのである。われわれは今、ミュルーズ博物館に保存されているモデルについて語っているのである。それはせいぜい長さ一・二五メートル、高さ七〇センチ、幅四〇センチの大きさにすぎないが、金属製の容器からガラスの導管にいたるまですべての部品を備えているのだ。

国境地帯ではよく起ることではあるが、この発明家の母方の祖母のひとりは隣国フランスの出身で、近隣の上流社会ではジェルメーヌ・バキュラールの名で通っていた。ここに執筆中の力作たる本稿が、主なる資料として仰いでいる小冊子には、アイゼンガルトの作品に特徴的なる優美さというものはデカルト主義の血筋に由来している、と事も無げに述べられている。われわれとしては、この微笑ましい仮説を全面的に支持するものであるが、ともかくこの仮説が、巨匠の後継者にして紹介者であるジャン＝クリストフ・バキュラールの採用するところとなった、ということを付け加えておこうか。アイゼンガルトはブガッティ社製の自動車に乗っていて事故に会い他界してしまったために、今日、工場で事務室で勝ち誇ったような姿を見せている〈無為なる機械〉を目の当たりに見ることはできなかったのである。天国から彼が、その距離故に小さくなり、それ故に又彼自らが設計したモデルにより近づいたところの〈無為なる機械〉をもし眺めることができたとしたなら！

さてこの辺で、現在までのところウバルデ・ピストン工場（サン・フスト）に出向いて仔細に検討するという労をとられていない読者の方々のために、〈無為なる機械〉の簡単なる素描を試よう。この機械は堂々と工場敷地の中央にあるテラス一杯に位置を占めている。一見、特大の植字機を彷彿とさせるものがある。職工長の背の二倍位の高さがあり、その重量は数屯、色は黒塗りの鉄の色で、材質も鉄である。

訪問者は階段状の渡し板に乗って機械を身近に吟味し触れることができる。内部にはかすかなる鼓動のような音が感じられ、耳を近づけてみれば、遠いさざめきのような音を聞くことができる。実際、内部には導管系が設置されており、暗がりの中を水と一緒に玉石状の物体が数箇流れているのである。しかし、その周りを囲んでいる人間の群に影響力を行使しているのが〈無為なる機械〉の物理的性質であると考えようとする人はいないのである。人々を引き付けているのは、この内部で押し黙った密かなる何物かが、或は又、戯れ微睡んでいる何物かが脈打っている、という意識なのである。

夜毎、明晰なる空想に浸りつつアイゼンガルトが追求してやまなかった目的は、ここに完全なる姿で達成されたのである。〈無為なる機械〉あるところ、機械は休み、人々は一層活気づいて働き続けるのである。

不死の人々

最早両の眼に晦まされることなく、視るのだ。

——ルパート・ブルック

一九二三年のあの天真爛漫なる夏の日々、カミリオ・N・ウェルゴの小説『選ばれし者』が――著者から私は献辞つきの一冊を頂戴したが、入れ替りやってくる古書籍商のひとりに手渡す前に心配りからその部分を切り取ったのであった――フィクションの装いの背後に、ある予言的なる真実を匿し持っていたことを誰が知りえたことであろうか。卵形に縁取られた著者ウェルゴの写真が表紙を飾っていたが、それを見るたびに、写真の彼が今にも咳をするのではないかという幻想に一瞬とらわれたことであった。この咳こそ、前途有望なる人物を夭折せしめるところとなる肺結核の徴候であったのだ。事実、彼はその後間もなくこの世を去ってしまったので、私一流の慇懃さが書かしめた礼状を手にすることもできなかったのである。

委曲をつくしたこの文章の入口を飾っている英文のエピグラフも件の小品から借用したもので、私はモンテネグロ博士に対しスペイン語に直してはくれまいかとお願いしていたのだが、はかばかしい返事は得られなかったのだ。さて、ここで取扱う事柄の意味をよく理解して頂くために以下にウェルゴの物語の荒筋を紹介することにしよう。

この物語の話者は、ある時チュブトの地に、ドン・ギジェルモ・ブレークなる英国系の牧場主を訪問したのだが、この牧場主は牧羊業を営むかたわらその鋭き才覚をば、かの深遠なるプラトン哲学の研究並びに最尖端の外科手術学の研究に振り向けていたのであった。この種の特殊なる研究に携った結果、ギジェルモの考えは次のような方向に傾いていったのである。——人間の五感というものは真実なる存在を把握するに際し、阻害的歪曲的に作用するものである。もし五感から解放されることができるとするならば、人々は実在を永遠なる相の下に直視することが可能となるであろう。魂の根底には、真の実在である永遠なる原型が既にして存在しており、創造者が人間にふりあてた諸器官などというものは、全体として阻害的にのみ作用するものであり、いわば外界をさえぎり同時に内面に秘めたるところからわれわれの眼をそらす色眼鏡に等しいのだ。

ブレークは実在の把握を可能ならしめる実験の為に、牧場の雇い女ひとりをえらんで子を生さしめた。終生その子の知覚を痲痺させ、めくらでつんぼにし、嗅覚からも味覚からも解き放たせることが彼の最初になすべきことであった。つづいて、この選ばれし者が自らの肉体的存在に関していささかも気付くことのないよう、可能なかぎりのあらゆる配慮がなされたのである。その他、呼吸、血液循環、同化、排泄を司る諸装置も配備されたのである。かくのごとく解放されたるこの存在が、他者との間で意思を通じ合うことができなかったというのはまことに残念なことであった。話者は仕事の関係で呼び戻され、そこを去らねばならなかった。十年の後、再び当地を訪れた彼は、ドン・ギジェルモがすでに亡くなり、ただ息子だけが屋根裏部屋で機器類に取り囲まれ、規則正しく呼吸を続けながらその生存を維持しているのを知ったのであった。彼はもう二度とここへやって来ることもあるまいと思いつつ帰路についたが、その時落した煙草の吸いさしから火が出て、この平原の堀立小屋は焼け落ちてしまったのである。それが故意の仕業であったのか、それとも偶然であったのかは当人さえも判然とはしなかったのだ。ここでウェルゴの物語は終っている。当時にしてみれば珍奇なる作品であったことでもあろうが、科学の粋を集めた宇宙ロケットや宇宙飛行士の飛び交う現代においては、今や時代遅れの代物となりはてたのだ。

　以上の如く故人——彼からは最早何も聞き出すことはできないのだ——の手になる幻想譚を、できるだけ私心をまじえずに要約してきたが、この辺で本論に入るとしよう。それがはじまったのは今年一九六四年のある土曜日の午前のことなのだ。その日私は、老人医学の専門家ラウル・ナルボンド博士の診療所で見てもらう予約をしていたのである。その悲しい真実というのは、かつての若者はいまや老いぼれとなりはてたということなのだ。総《ふさ》々とした頭髪はまばらとなり、右耳か左耳が聞えなくなり、しわで顔中が薄汚くなる。又、臼歯はすりへって中空となり、咳が根を下し、背骨は曲って、足は石ころにすぐけつまずく。要するに家長の座が怪しくなったのだ。明らかにナルボンド博士に体の再整備——博士は使い古した器官を、生きのよいそれと置換する技術の権威なのだ——をお願いしなければならない時期が、遂にこの身にも到来したのである。悲しみで心を痛めつつ——というのはその日の午後、エスクルシォニスタスとデポルティーボ・エスパニョルのリターン・マッチがあるのに、わがチーム応援のため最前列に座を占めることができないからなのだ——私はコリエンテス通りとパストゥール通りの交差地点にある診療所へと向ったのであった。診療所はその名声にふさわしくアミアント・ビルの十五階にあった。エレクトラ製のエレベーターで上へ昇った。「ナルボンド」と書いた小看板のついた扉に近より、呼鈴を鳴らしたが、返事がないので両手に勇をこめて思い切って半開きの扉から待合室へともぐり込んだのだ。誰もいない待合室で『貴女自身』や『ビリケン』相手に暇をつぶしていたのだが、カッコー時計が急に十二時を鳴き知らせたのに驚いた私は安楽椅子から飛び上がったことであった。同時に私はひとり呟いたのである。「一体どうしたというのだろう。」そして探偵にでもなったつもりで隣室の方へ二、三歩、歩を進め調査を開始したのである。もちろんかすかな物音ひとつにも素早く元の位置へと舞い戻る態勢を固めつつ。通りからは警笛の音、新聞売りの声、通行人がひかれるのを救ったブレーキの音などが立ち上ってきたが、部屋の中は依然として静まりかえっていたのである。医療機器やフラスコで一杯の、一見実験室か薬局の奥部屋を思わせる一室に踏み込んでみた。それから便所にでも行くつもりになって奥の扉を押してみたのである。

　そこで見たものはわが眼を疑わしめるにたるものであった。その小部屋は円形で白壁に囲まれ、低い天井にネオンの灯りがついていたが、ひとつとして窓というものがなく、閉所恐怖症者を脅かすところ大なるものであったのだ。そこには四人の人物、否、四つの箱のようなものが住んでいたのである。色は壁と同じ白色で材質は木材、形状は立方体であった。それぞれの立方体の上に小立体が乗っかっていたが、こちらには格子窓と下部の方に排水口に似た亀裂がついていたのだ。格子窓状の部分をよく観察してみると、内部から驚くなかれ両眼のようなものがこちらを見つめていたのである。亀裂の部分からは、不規則な間隔をおいて、神さえも理解に苦しむような囁き、ささめきごとがコーラスとなって聞えてくるのであった。これら四つの立方体の配置は、それぞれ四方に並んで対峙している格好だったので、一種教皇選挙会議の様相を呈しているのだった。果して何分経過したのかわからなかったが、その時背後から博士の声が聞えたのである。

「誠に申し訳ありません、ブストスさん。長時間お待たせしてしまって……。対エスクルシォニスタス戦の切符を取りに出かけていたのですよ。」博士は立方体を指さしつつ話し続けた。「御紹介致します。こちらがサンティアーゴ・シルベルマンさん、元公証人のルドゥエーニャさん、アキレス・モリナーリさん、そしてブガール嬢、以上四人の方々です。」

家具状の物体それぞれから、ほとんど聞き取れぬほどのかぼそい音が発せられた。さっと片手を差し出したものの握手するわけにもいかず、こわばった笑みを浮かべつつ、その手を引っ込めたのだ。私は気を取り直して、隣室へ辿り着き、やっとのことでどもりながらこういったのだ。

「す、すみません、コニャックを……コ、コニャックですよ……。」

ナルボンド博士は実験室から水の一杯に入った目盛りつきのコップを持って来て、その中に発泡性のしずくを二、三滴たらしたのである。忌むべき良薬よ、その吐気を催させる味のおかげで私は元気を取り戻すことができたのだ。すると博士は、今出てきたあの小部屋に通じる戸を閉じ鍵をかけると、次のような説明をしてくれたのだった。

「ブストスさん、わが不死の人々には大変驚かれたようで……、私としてはきわめて満足しておるのですよ。ダーウィンの、教化されざる類人猿たるホモ・サピエンスが、これほどの完全なる仕事をやってのけるとは一体誰が想像しえたことでしょうか。信じて頂きたいが、この診療所こそは、エリック・ステイプルドン博士の方法を厳密に実地に適用している、ラテンアメリカにおける唯一の場所なのですよ。貴方だってきっと、ステイプルドン博士のニュージーランドにおける哀惜おく能はざる死が、科学界各方面に与えた衝撃を記憶されているに違いありません。それはそれとして、この私が彼の先駆的なる業績に対して、アルゼンチン人の特性に適合した二、三の改良をつけ加えたことについては、われながらきわめて満足しているのです。原理自体は、コロンブスのもうひとつの卵というわけで、きわめて簡単なものなのです。肉体的死というものは常に必ず、ある器官――例えば腎臓、肺臓、心臓、その他何でもよろしいが――の機能停止に関わっているものなのです。有機体の構成部分――つまりこわれやすいもろもろの器官のことですね――をステンレス製の機器類と入れ換えてゆけば、精神――つまり貴方御自身というわけです、ブストスさん――が不死であり続けることができないという理由は全くないわけです。ここにはいささかの哲学的な難題も存在しないのです。肉体は硬質ゴム状の物体となり、ときどき継ぎ目の隙き間にパテ詰めしてゆけば、そこに住み込んでいる意識というものは最早老化することがない。外科手術学というものは、人類の不死性に対して絶大なる貢献をなしたわけなのです。人間の本質的なる目的はかくして達成されたのです。心は今後とも停止するという恐れなしに存続し続けるでしょう。不死の人々のそれぞれは、弊社の保護の下に、永遠にこの世の目撃者になるという安心感で満たされているのです。日夜電気的に活性化されている脳髄は、いわば動物としての最後の砦ですが、その内部ではボール・ベアリングと細胞の共同作業が行われているのですよ。他の部分はすべて鋼や各種のプラスチックによって出来ているのです。呼吸、栄養摂取、生殖、移動性、そして排泄さえもすでに克服されたのです。不死の人々は不動産となったのです。なお、二、三改良すべき部分のあることは率直に認めなければなりません。例えば、声の出し方とか会話等がさらに改善を要する部分でしょう。ところで費用については全然心配がいりませんよ。ややこしい法的手続を回避するために、志願者は財産をそっくりわれわれのところへ渡して下さればいいのです。そうすればわがナルボンド有限会社——私と息子とその子孫が、現在の状態そのままに未来永劫にわたって管理させて頂くことになります。」

そういいながら博士は私の肩に手をかけたのだ。私は彼の意のままに支配されている自分を感じたのであった。

「ハハハ……、ブストスさん、その気になってきたようですね。いやなに、有価証券類を当方へ譲渡して頂く手続などというものは二ケ月もあれば十分でしょう。手術の費用ももちろん友人として特別料金を適用いたします。ええ、現金で三〇万ペソのところ二十八万五千ペソで結構ですよ。財産の残りはすべて貴方の自由にお使い下さい。ホテル代とか、チップ、その他もろもろに充当されるとよいでしょう。手術そのものは無痛ですし、ただ切除し置換するだけなのですから。全然心配はいりませんよ。ただ事前の二、三日はなるべく気持を平静にして、よけいな心配はしないようにしていて下さい。あまり食べ過ぎたりせぬよう、又煙草や酒類も控えて下さい。ただし貴方のお気に入りの高級スコッチを少々やられる分にはかまいません。くれぐれもいらいらしたりすることなどのないように心掛けて下さいよ。」

「二ケ月なんてかかりはしません」と私は答えた。「一ケ月でも十分、おつりが出るくらいです。私はすっかり平静な気持になっているのです。もうあの箱達のお仲間になったつもりでいるのです。電話番号と住所は御存じでしょう。いつでも連絡を取り合える状態になっているわけです。遅くとも金曜日にはここへ戻れることと思います。」

出口のくぐり戸のところで博士は、弁護士ネミロフスキーの名刺を渡してくれた。彼が遺言書作成の細々とした手続一切を、私の希望通りに代行してくれるだろうとのことであった。

私はすっかり落着いた気分になって地下鉄の降り口まで歩いた。それから一気に階段を駆け下りたのである。直ちに戦闘開始だ。その夜密かにヌエボ・インパルシアル・ホテルへ投宿し、宿帳にはアキレス・シルベルマンなる偽名でサインしておいたのだ。そして今、このホテルの奥まった内庭《パティオ》に面した小部屋で、付け髭をつけた私は以上のような事の次第を書き留めているのである。

H・ブストス＝ドメックを讃えて――斎藤博士

オノリオ・ブストス＝ドメックとは誰か。この本を手にする読者には、それがホルへ・ルイス・ボルへスとアドルフォ・ビオイ＝カサーレスとの共同筆名であり、ブストスの方がボルへスの母方の曾祖父の名に、ドメックの方がビオイの曾祖父の名にそれぞれ由来しており、オノリオというのはこの偽名にもっともらしさを付与するために添加されたものに他ならない、ということは既に明らかであろう。

この〈クロニクル〉が一本に取纏められた一九六七年——初版は同年一月十七日の発行である——には、勿論のこと、これらの事実には公然たるものがあったのだが、H・B・Dの処女作『ドン・イシドロ・パロディの六つの問題』——これはラテンアメリカにおける最初の文学的香り高き探偵小説の誕生を告げる作品となった——が刊行された一九四二年からしばらくの間というものは、その著者H・B・Dのアイデンティティをめぐる第七の問題が、文学探偵の間でひときわかまびすしい論争をまき起したのであった。この二人は既にシルビーナ・オカンポ（ビクトリアの妹で一九四〇年ボルヘス立会いの下ビオイと結婚）を加えて三人で『幻想文学選集』（一九四〇年）、『アルゼンチン詩選集』（一九四一年）を編んでいたのみならず、それ以前に——ビオイの表現を借りれば——「第三者にはまったく無頓着にただ二人だけに沈潜する」という不離不即の関係にあったため、ボルヘスとビオイが、当然のことながら嫌疑をかけられることにはなったのだが、二人はいたずらっぽく目くばせしつつ頑固にも口を閉ざし続けたのである。それだけ楽しみも持続するというものである。因みにH・B・Dは『ドン・イシドロ・パロディの六つの問題』での著者紹介によれば、一八九三年プハート（サンタ・フェ）生れ、ということになっており、そこでは後年の〈クロニクル〉誕生を予告するが如き筆法でH・B・Dの文学的経歴が叙述されているのだ。

さて、ビオイとの共同作業について語る前に、秘書的存在である女性たちとの共著についてふれておかなければならない。これらの協力者は表紙に堂々と名を連ねてはいるものの、実際は資料収集や翻訳そしてタイプや整理に従事して秘書的役割を演じた人々と判断してよいようであり、ビオイとは同格に論ずることは出来ないのであるが、著作名そのものの紹介もかねてここにその名を再び連ねてみることにする。

デリア・インヘニエロス『古代ゲルマン文学』（一九五一年）
マルガリータ・ゲレーロ『〈マルティン・フィエロ〉について』（一九五三年）
ベティーナ・エーデルベルク『レオポルド・ルゴーネス』（一九五五年）
マルガリータ・ゲレーロ『幻想動物学提要』（一九五七年）
マリア・エステル・バスケス『英文学入門』（一九六五年）『中世ゲルマン文学』（一九六六年）
エステル・センボライン・デ・トーレス『米文学入門』（一九六七年）
マルガリータ・ゲレーロ『想像的存在の書（邦題『幻獣辞典』）』（一九六七年）

それから第二のグループとしては、副館長として国立図書館長のボルヘスを補佐することとなったホセ・エドムンド・クレメンテとのアンソロジーやルイサ・メルセデス・レビンソンとの共著、それからマルタ・モスケーラ＝イーストマン並びにアリシア・フラードとの「不死の人々（選ばれし者）」の実らざる共作の試みがある。（アリシア・フラードとの仏教に関する共著が中断したことはわれわれとしては誠に残念なことである。〔その実一九七六年四月に『仏教入門』として結実していた。〕）

そして次には、ビオイとの運命的なる出会いについてふれなければならない。ボルヘスとビオイが知り合ったのは一九三〇年のある日のことであった。その日ブエノスアイレス市北方のサン・イシドロにあるオカンポ家の別荘に滞在していたボルヘスを、ビオイがブエノスの自宅へと伴った列車の中で、二人は最初の文学談義をかわしたのである。その時ボルヘスは三〇才そこそこ、そしてビオイは十六、七才であった。そもそもこうして二人が知り合えたのも、サロンの女王ビクトリア・オカンポの仲介があればこそであった。ビクトリアの方は、一九二五、六年頃リカルド・グイラルデスからの紹介や「アルゼンチン人の言語」の講演（もっともボルヘスは当時聴衆の前で話すことに恐怖を感じていたため代読であったが）を聴講して以来、ボルヘスには格別に目を掛けてきたが、ある日のこと上流階級の一夫人から文学志望の息子のためにメントールを紹介してほしいと依頼され、即座にボルヘスの名をあげたのである。こうして二人の文学が分ち難く入り交じることとなる長い交渉の幕が切って落されたのである。年令にも経歴にも大きな差のあるこの二人は、ただ書物に対する情熱によってのみ深く結ばれていたのだ。先にもふれたように「ただ二人だけに沈潜」していた時期に交わされた会話の中に、その後二人のそれぞれの或は共同の作品となって結実することになるインベンションのほとんどすべてが顔を出していたものと判断されるのである。その点「トレーン、ウクバール、オルビス・テルティウス」の出だしなどは誠に象徴的な場面なのである。ビオイの証言によれば「ピエール・メナール」についても病い回復間もないボルヘスが、予めビオイにその構想を披瀝していた模様である。三〇年代をその準備期間として見ることになるが、一九四〇年という年は二人にとって極めて重要な年であったということができる。ボルヘスにとっては「トレーン」の発表があり、ビオイにとっては代表作のひとつ『モレルの発明』の出版があったからである。ボルヘスはその序文を「私は著者とプロットについて論じ合ったし、作品を繰り返し読んだ。その結果この作品を完全なものと評するに何らの不正確、何らの誇張も存しないのである」と結んでいる。『モレルの発明』の成立に、陰に陽にボルヘスの影響があったことを理解しなければならないのである。そしてH・B・Dが誕生するのはこの延長線上においてなのであった。ここのところはボルヘス自らの口から語ってもらうこととしよう。「ビオイとわたしが合作――その時までわたしには不可能であろうと思われていた芸当――を始めたのは、一九四〇年代の初めであった。わたしは、探偵小説にはうってつけと思われる、面白いからくりを考えついていた。ある雨の朝、彼がひとつそれを試してみようと言い出した。わたしはその時あまり気が進まなかったが同意して、昼前にはそれが実行された。オノリオ・ブストス＝ドメックという第三者が誕生し、われわれを継承したのである。しばらくすると、彼は鉄の箍でわれわれを支配し始めた。そして面白いことに――後には狼狽するほどに――彼は独特の奇抜な発想、地口、非常に凝った文体を見せて、われわれとは似ても似付かなくなった」(「自伝風エッセー」牛島信明訳)。勿論それ以前に商業的パンフレットを共同で書いたり、ソネットを試みたり、あまつさえ探偵小説も試みかけてはいたのだが、『六つの問題』の第一章として結実することになる「十二宮」の日付けは、一九四一年十二月二七日となっているのである。われわれとしてもボルヘスのような作家が共作をすること自体非常に不思議な現象のように感じられるが、限りなく忍耐強い彼は、一方では片言隻語といえども作品に取り入れようとする場合には、いささかの妥協も肯じはしなかったと伝えられている。それにしても『クロニクル』のスペイン語は私にとって反ボルヘス的なる文体に思われる。ひとつにはH・B・Dという文学的自我の確立、そして当然のことながらビオイ的文体の混入、加うるにボルヘスの抑圧せる部分の噴出がその要素として考えられるだろう。伝え聞くところによれば初期エッセイにおいてボルヘスは擬古的文体を採用したのみならず、ジョイス的言語遊戯も盛んに行っていたとのことである。従って、〈ユーモア〉はビオイの机の側から出たのではないかとの推測にも簡単には同意しかねるものがあるのだ。なるほどボルヘスの作品においてはカルロス・アルヘンティノ＝ダネリのような登場人物は珍しい存在であるかもしれないが、ある抑制が加わっているとはいえ、ボルヘスのすべての登場人物はどこかしら面白い存在であることには相違ないのである。ボルヘスもビオイも協同作業のあれこれについてはボナベーナのように語ってはくれない。われわれとしてはこの興味深い文学的自我H・B・Dの心の動きあれこれを推測して楽しむという〈消極的で《ネガティブ・》いられる能力《ケイパビリティ》〉の持主であり続けたいと思うのだ。

　ビオイについては本シリーズの一冊に、SF仕立ての眩惑的なる愛の物語『モレルの発明』が予定されていることでもあり、訳者もこの一作しか読んだことがなく、ボルヘスの激賞する『英雄たちの夢』さえ知らないのだからこれ以上云々することは差し控えたいと思う。従って以下に続く作品解説——翻訳中の訳者の脳裏をかすめ去った妄想の数々——においてもビオイについてはふれるところまことに少ないことを予めお断りしておきたいと思う。

セサル・パラディオンへのオマージュ

フィクションのひとつ「ピエール・メナール」においてボルヘスは、その精神史の図表を列挙展開するところから語りはじめたけれども、クロニクルと銘打った本書においては総じて食いつきやすい語り口を採用しているといってよい。

エズラ・パウンドが出現する以前は、共有財産としての詩的なる単位は概して単語であった。パウンドはあからさまなる自己表現を嫌い、既に存在している作品を翻訳するか改作するか、それを拠所として捏造を繰り返したのであった。この〈単位の拡大化〉を極端に押し進める時、幸福なる剽窃家は自己の魂の射程内において当の作者と完全なる同一化を果すことになるのだ。パラディオンであり続けながら、パラディオンの経験を通じて『見捨てられし公園』に到達すること、これこそ文学行為の本質の直截なる言表といっても過言ではないのだ。本というものは単に概念としての言葉の羅列に終るものではない。読書あるいは翻訳という現在性において、それは常に改変され、生き返り、広大無辺なる夢の森を形造るのである。そこでは視る人と視られる人は、夢を媒介として完き合一を果すであろう。

ボルヘスは最初の評論集『審問』（一九二五年）においてモンテビデオの〈パノラマ塔〉に閉じ籠ったモデルニスト詩人エレーラ・イ・レイシグ（一八七五―一九一〇年）に触れており、レオポルド・ルゴーネスについても、翌年出版の第二評論集『わが希望の大いさ』においてまず取り上げている。最晩年の作『砂の本』（一九七五年）の巻頭を飾る「他者」の中で懐しんでいるウルグアイの劇作家にして詩人のエリアス・レグーレス（一八六〇―一九二九年）の詩同様、こういった文学的環境が徒弟時代の彼に与えた影響も無視することはできないのである。模倣から創造を経て伝統へ、その変幻の様をなぞってみるのも今後のわれわれに与えられた課題のひとつではあろうが、ボルヘスとても時代の子、一方では本書の対象となっている様々なる美学的公準をば、善かれ悪しかれ反芻し血肉化しているに相違ないのだ。何事も〈ボルヘスを通じて〉見てしまう私などには、本書においても彼の自己批評（鏡のひとつはビオイである）以外の何物も見ないことがしばしばなのだ。例えば本篇においては、早くから悪評家のターゲットとなっていたビザンチニズム、特定の作家に対する埋没癖、功成り名遂げた一九六〇年代における肖像の氾濫等々が数え上げられるのだ。

さて、ファレル・デュ・ボスクなる人物はビオイとの協同編集アンソロジー『天国と地獄の書』（一九六〇年）において「天国、この言葉は東洋起源のものである。ゼンドによればパルダスとは、園、心地よき処、を意味する」と語っているが、わが「人名辞典」においてはその身元は不明である。同書に登場しているジュール・デュ・ボスクなる人物の親戚筋のようにも思えるが判然としない。

レアリスムの極地、純客観的なる記述主義は、われら人類に対しいかなるプレゼントをもたらすのであろうか。そもそもそれは可能であるのか。地べたを這うレアリスム——それはただ単にボルヘス出現以前のラテンアメリカ文学の問題だけではないだろう——の一翼を担ってボナベーナはまず近隣社会的レアリスム（口煩い連中が一致団結して作家の夢を中傷妨害するのだ）を手始めに、他者（客観としての主観）、動物心理学を経て自己への退却を余儀無くされるが、これとてもとらえどころのない存在故、遂には純客観的様相を呈する〈現実〉的存在として眼前に存在する机の北北西の〈限定されたる一領域〉をば無私なる目を以て無限に記述することに専念するのだ。

イレネオ・フネスが誤ることなき知覚と記憶を以て、過去のすべて、すべての夢と幻覚をも全体的に再現しえたように、『モレルの発明』における〈現実再現装置〉が一週間の出来事を時間的、空間的に丸ごと再現しえたように、ボナベーナは机上の物体を限りなく描写し続けるのである。

そもそも空間における一点なるものはある原因との関係において必然的であるだろう。ということはとりもなおさず、マイナス・ワンの諸原因との関係において偶然的ということになるが、カメラの如き観察者ボナベーナにとっては、極めて興味深い現象を呈示することにはなるのだ。観念論者は主観なければ客観なしと語った。ネガも対象物体も破棄された今、この客観のない主観は自らの足ですっくと立ち上がったのであった。絶対的なる足場（観点）を固めたボナベーナは自ら宇宙の堅固なる一点と化し、もはや対他存在でもありえず、ただただ沈黙するのみであったのだ。

ぶよぶよと膨れあがった頬に顔全体が飲みこまれそうなボナベーナに四〇代のボルヘスの面影を見ることができる。世界中が注目するに至る迄には、それから二〇年近くの歳月を要したのであった。スペインにおけるあるウルトライスモ宣言の四人の署名者の中には、若きボルヘスと共にボナノーバなる人物がいたことを蛇足ながら付け加えるとしよう。

絶対の探求

物語は小説より古く、それ故長命である。文学の発生は文字の発生より早く、古代ギリシャの人々は、文字をば生気あふるる（話し）言葉の模像と考えたのである。心像──→話し言葉──→文字。残るのはただに文字ばかりではあるまい。ホメーロス吟誦詩人の記憶から記憶へと伝わった物語は、F・ペトラルカ─→パウンドを結ぶ一線上に、様々なる翻訳群を介在させている。後代はその象徴としてホメーロスなる人物、すべての者であり且つ誰でもない者を措定するのである。「批評はえてして作者を創るものである。」批評家は二つの異なる作品──たとえば、『イーリアス』と『オデュッセイア』にしてもよい──をとりあげ、「それらを同一の作家のものとみなし、そして心からこの興味深いひとりの文人の心理を探索するだろう……」（篠田一士訳）。

いとも自在なるH・B・Dの想像力は、この歴史的プロセスを予め取り込み、自ら物語誕生の歴史を生きようとした探求者を創造したのである。ニーレンシュタインの文学的営為を、没年の一九三五年で区切ることもできなければ、又、その作品を〈目に見える作品〉群に限定することもできないのである。その至難に満ちた努力の結果誕生するところとなる〈作品〉というものは、題名もなく草稿とて存在しないただただ下卑てどぎつい小咄の集積に他ならず、ニカシオ・メディロを通じ、隣人の口々を通じ、純化され潤色されていつの日か玉虫色の文学へと定着するはずのものなのだ。

　コント集と人間喜劇、そして波乱万丈の生涯を自ら生きたバルザック、世界は一冊の書物に収斂するために存在すると語ったマラルメ、〈匿名の文体〉を称揚した文章家《スタイリスト》ジョージ・ムーア。そして公証人、家主、〈名無し男〉等の話し手連中の執拗なる登場、これも物語の魔術的なる技法のひとつということになるだろう。

　例によってボルヘス本人に引き寄せて素材提供面をさぐってみれば、アルゼンチンにおけるボルヘスの再発見、ポリグロット、詩作品のたゆみない改訂（改悪？）、そしてビオイのボルヘスに対する評言——彼は物語るという伝統を回復したのだ——を挙げることができよう。僭越ながら教訓をひとつ。すべての著作家は古本を書かねばならないのだ。

新自然主義

　冗談ぬきにしてボナベーナとウルバス、ラムキンとパラディオンの営為を、結果あるいは外見上の類似性から同一視することはH・B・Dの真摯なる問題提起をないがしろにするものである。自ら「夢での邂逅」（『続・審問』所収）やウゴリーノ論、そしてアルゼンチンにおけるC・ロセルの西訳『神曲』（一九四九年）の序文として二〇頁程の小論を書いているボルヘスはダンテに対して並々ならぬ関心を抱き続けているが、ダンテの詩がその手からこぼれ落ちることのなきよう、忠実且つ客観的に対象そのものに肉迫し、遂には寸分の隙なく重なり合うという批評家ラムキンを案出しなければならなかった。「学問の厳密さ」（伝スアレス・ミランダ）は邦訳にも四種あるほどにボルヘスお気に入りの小品であるが、初出は一九四六年三月号の『ブエノスアイレス年報』誌上である。これは観念論者ジョサイア・ロイスの案出した英国地図の入れ子構造の難問を土台に、ビオイの協力の下拡大化の方向へと展開せしめたもので、宇宙の正確なる反映としての〈書物〉、批評行為の一極をなす、正典としての書に対する釈義、というものを浮きぼりにせしめていると思われる。寿岳文章も語っている。「神曲を読み、神曲に入り、神曲と一つになることが、どこまで可能か」と。

そしてウルバスの薔薇については『創造者』の「黄色い薔薇」を参照されたい。そこではマリーノが「薔薇を記述したり暗示したりすることは可能でも、それを表現することはできない」（鼓直訳）と述べている。

その次には、実在のベンガル虎を登場させるわけにもいかず、虎は消化されたる羊であるというわけでもなかろうが、ここに亜国の英雄的生物種である緬羊の荒々しい登場を願ったのは他でもない、弱々しい夢の虎、詩の中の象徴の虎とも別の第三の虎、これこそが到達不能の焔の虎、不断の虎に他ならぬと呼びかけようとしたのではなかろうか。

トマス・ブラウン卿は『医師の宗教』第一部第十六項をこう結んでいる。「要するに、森羅万象は造りものである。なぜなら〈自然〉は神の芸術だからである。」

ローミスの様々なる書目とその分析

パラディオンを〈単位の拡大化〉の雄とするならば、皮肉にもローミス（Loomis）と名付けられたこの人物は〈縮小化〉の雄である。凝りに凝った隠喩の積み重ねを得意とするルゴーネスはともかく、二〇年代のウルトライスト（その中心人物は当のボルヘスであった）の標傍するテーゼは、詩をその精髄である隠喩へと純化するというものであったから、ローミスをその傾向の極端化、理想型として見ることも可能である。これ又イマジズムと平行関係にあり、それ故にパウンドがここにも顔をのぞかせているのでもあろうか。

初期の詩においてメタフォリストであったボルヘスが、われわれのよく知る散文においては意識的に隠喩を排除しているかのように見える。これに対しては、幻想的なる物語それ自体が拡大化されたる隠喩なのだという議論もあるようだ。

〈名文は短くあれば二倍良し〉。例えばヘラクレイトスの断片「同じ河に二度入ることはできない」についてボルヘスはおおよそ次のような議論をしている。この短文を誦じてみれば、ゆく河の流れは絶えずして、しかも、もとの水にあらず、という表向きの意味とは裏腹に、世の中にある人と栖とまたかくのごとし、という内なる声がこみあげてくるように練られているというのである。この短文はさらにボルヘス個人をして詩「ヘラクレイトス」を繰り返し歌わしめ、且つマチルデ・ウルバッハの相方とはなりえなかった嘆きを贋作せしめているのだ。〈名文は短くあれば限りなく長し〉。

ボルヘスの創作過程は、肉眼の見える間は、厖大なる量のメモや下書き類の蒸溜から成っていたことは周知の事実である。ローミスが『熊』を完成させるために辿った純化の道程というものは、試みに『虎』と置き換えてみるだけで、ボルヘス本人のそれを納得せしめるところとなるのではなかろうか。諸々の哲学、宗教の結論的一文だけを借用してその文学的可能性をいじくりまわしている、などと誤解されがちなボルヘス的純化の背後ではどれほどの準備作業が蒸溜されたことでもあろうか。内容即形式というクローチェ美学を極端化してみれば、題名＝作品を経て己れの真の名ローミスが残るのみなのである。

さて、本篇には口述の天才マセドニオ・フェルナンデスや無技巧の直截的なる詩人エバリスト・カリエゴがその影を落しているようだ。

抽象芸術

ローミスに関する前章もバルタサール・グラシアンの警句で始まっていたように、本章も『クリティコン』中の「五原（＝精髄）はごたまぜよりはるかに強力である」に想を得ているのかもしれない。一九二一年末の『ノソトロス』誌上でボルヘスはウルトライスモのテーゼを列挙した時、このグラシアンの言葉こそウイトライスモの正確無比なる要約である旨言明しているが、グラシアンについては、トマス・ブラウンの著作と共に三〇年代の一時期にボルヘスと註釈や翻訳に熱中したことを生涯の最も幸福なる経験のひとつとして、後年ビオイは回顧している。因にプレトリウスという名前は両人の合体処女作——残念ながら処女のまま流産してしまったのだが——の主人公である殺人鬼の学園長のそれであったのだ。

さらに「俺は母音の色を発明した」と吐いたサンボリスト・ランボーの宇宙創成論をここで思い浮かべることもできよう。薬剤師パヨーの協力の下、ケリードは純粋なる五大味覚に五種の配色を行っているからである。マラルメの純粋詩からムーロンゲの純粋ごたまぜ料理に至るまで、サンボリスムがいかなる発展過程を辿ったのかは私の詳らかにするところではないが、フランス料理の食わず嫌いを装っているボルヘスのサンボリスムとの暗闘というものも気にかかる問題ではある。

なお、テネブレというのは、カトリックの方で復活祭の前に丁度ハイドンの「告別」のように、或は又降矢木家のクワルテットのように、ろうそくを一本ずつ消して部屋を次第に暗くして最後の一本だけを祭壇の隅に隠して、キリストの死と復活とを表象する勤行を指すもののようである。又、ごたまぜ料理の名手のひとりとして登場しているフーリオ・セハドル(一八六四——一九二七年)はスペインの博学な僧侶で『スペインの言語と文学の歴史』の著者である。

結社の原理

眠りに夢が必要であるように、人生には虚構が不可欠である。カタログのカタログ、アトラスのアトラス。孤島に伴う一冊の書の問にラッセルの『西洋哲学史』或は『エンサイクロペディア・ブリタニカ』と返答したボルヘスを私は好ましく思う。ルイス・キャロルは『記号論理学』の第二章で、宇宙(=世界)は様々なるクラスに分類することが可能である。そのひとつは不可能なる事どものクラスであると述べている。分類は可能である。無限に可能なのである。形而上学にも倫理にも強い関心を示すことのないアルゼンチン国民をボルヘスはかつて詰ったことがあった。一方で彼は又、諸神混交のわが日本における宗教の有様を望ましい姿として評したこともあった。

形而上学も芸術もアルス・コンビナトリアの一種に過ぎないのか。われらの生涯の聖なる無秩序を背後で秩序づける無数の秘密結社なるものは果して存在しているのであろうか。人生七十年、そこではすべての人々に起る事どもがすべて起るのである。胸に手を当ててみれば、貴方は読む前に既にしてシェークスピアの科白の数々を呟いていたことを思い出すだろう。人間は己れの欲するものを認識するのだし、己れの欲する結社に加入するものなのだ。

しかし結果は原因を選ぶことができるが、原因は結果を選ぶことができない。原因＝結果であるとするならば、世界はすべて一瞬のうちに存在し、存在しないであろう。〈永遠の今〉。『ブヴァールとペキュシェ』の時間は永遠をめざす。「もし人間の全歴史がブヴァールとペキュシェの歴史であるとするならば、明らかに、歴史を構成しているものはすべて滑稽であり、はかないものなのである」（「『ブヴァールとペキュシェ』擁護」土岐恒二訳）。われわれこそヤフー族に他ならない。

私は結社・組合という語からフェービアン協会のG・B・Sの運命を連想したのであった。

世界劇場

ここでは自覚的なる秘密結社のひとつがパン屋の奥部屋から街の中へと繰り出すのである。劇場から野外劇場へ、そして全市を以て劇場と化さしめた後に来るものは？　さて、前史についてはともかく、直接的なる先例としては「裏切り者と英雄のテーマ」を思い浮かべることができよう。そこでは劇作家ノーランがスイスの祝祭劇を手本とし、『ジューリアス・シーザー』と『マクベス』を模倣しつつ、英雄にして裏切り者であるキルパトリックを劇場の中で当人の諒解の下暗殺させるのである。パン屋の秘密結社の場合はこのようなドラマチックな場面を期待することはできない。様々なる奇行の持主であった先駆者ブルンチュリは平凡なる市民のひとりとしてその生涯を終った。マキシミリアン・ロンゲに率いられた一党もそれぞれ目立たぬ役柄を演じつつ娑婆へと散っていったのである。芸術家は演技に飽き、人生のより真摯なる側面を把握するに至るのだ。彼は聖者となるであろう!?

役者シェークスピアが幕の下りる度毎に味わっていただろうと想像される呪わしき非現実感、ディドロの『運命論者ジャック』からボルヘスがよく引用する一文、そして又、ある脚本を演ずる人物は別の脚本の出来事については何も知らないが、その実彼はその別の脚本の上演の際にも自演してはいたのだというショーペンハウエルの言葉等々を考え合わせる時、この「世界劇場」のラストが中篇『会議』の最後の一行「一度、私はリマ街でニーレンシュタインとすれ違ったことがある。しかしわれわれはお互いに見ぬふりをした」と反響し合うのである。

そしてこの一文の最後に引用するのは当然のことながら『お気に召すまま』のそれなのだ。「この世は舞台だ。男も女も、その上で退場と登場を繰り返す、かりそめの役者に過ぎぬ。」

劇場という建物を無用の長物と化さしめた前章に引き続き、本章では居住という実用性を脱ぎ捨てた純粋建築が称揚されている。建築のそもそもの発生は、雨露をしのぎ、外敵から身を守るための避難所としての空間の設定にあったものと考えられる。宗教的モニュメントを別にすれば、建築の歴史は機能性と芸術性との相克の歴史であるともいえよう。ギリシャ的均斉美もあればゴチックの浪漫的大混乱もあり、現代日本においては魚のアパートが地上空間を占拠するに至っているのだ。

その昔クビライ・カーンは夢枕に立ったお告げに従い王宮を建造したという。それから五、六百年後のある日、そうとは知らずにコールリッジは、クビライの王宮に関して夢の中で詩を与えられたのであった。このコールリッジは御承知のようにジャン・バティスタ・ピラネージ、ウィリアム・ベックフォードからトマス・ド・クウインシーに至る螺線階段の一段を形成しているのである。

妥協なき芸術としての建築的建築を説いたアダム・クウインシー、これと同時的に無用の長物〈ローマの大混乱〉を建造したアレッサンドロ・ピラネージ、これら両先駆者によって先鞭をつけられた純粋建築はマントイフェルのあれもこれもごたまぜの折衷期を経て、一旦基本的構成要素に分解され、〈美と秩序〉の指導原理に従って再構成されたヴェルドゥーセンの〈戸と窓のある家〉において秩序ある混乱に到達し、〈家は住むための機械〉であるというル・コルビュジエの宣言に対峙するのである。止まるところを知らぬこの反近代主義的傾向は戸も窓もない住めない住居という絶対建築の登場を暗示するところで終っているのだ。
なお、いささか古い話で恐縮であるが、当時の外電の伝えるところによればバルセロナを訪れたル・コルビュジエは「アントニオ・ガウディこそ今世紀最大の建築家である」と語ったという。

詩学階梯

抒情詩は詩人の主観的体験――ある時ある場所での個人的なる気分、情調――に起源を有し、内的必然性にかられて詩人の魂の奥底からほとばしり出るものに他ならない。ある理論を説き明かすために詠われるものでもなければ、一本を拵え上げようとして詠われるものでもないのだ。ボルヘスの場合においては特に、散文・韻文といった語の配列法による分類がさして意味を持たないことも明白なのである。詩人は言葉に生命を、事物に真の名を与えようとするのである。その言葉は定義されえぬ広がりを持ち、詩をつくる時、詩を読む時という現在性において過去を反映し、未来を暗示することにより永遠なるものを垣間見させるのである。
それ故ギンスベルクはまず日常的なる言葉からその意味を剝奪し、次にはスル＝ソラール風或はトレーン語風な記号を使用することによって、純個人的なる詩的言語を創造したのである。本は発見されるものであるが故に、ひとまずその〈新奇性〉は見過されたのであった。『ラプラタ河流域における言語の特異性とその歴史的意味』（一九四一年）を著しブエノスアイレスにおけるスペイン語の混乱堕落ぶりを証明しようとして片言隻語までをも収集列挙したというスペインのアメリコ・カストロ博士（一八八五―一九七二年）もこれには面喰ったという次第なのである。（因みにカナル・フェイホーはボルヘス周辺の人々のひとりであり、フェイホー神父は十七、八世紀スペインのベネディクト派の博学多才なる人物である。）

このような個人性の極めて強い抒情詩というものを音楽的に別箇の体系を有する他国語へ翻訳するなどということはそもそも可能な作業であるのだろうか。

選択する眼

「それ物象を明示するは詩興四分の三を没却するものなり。読詩の妙は漸々遅々たる推度の裡に存す」（上田敏訳）。マラルメはかく語ったという。暗示すること、そこにこそ夢があるのである。空間的存在である彫刻も又自ら空間を占拠しつつ、占拠せざる周囲の空間、さらには又その延長としての無限なる空間、この両者との掛り合いにおいてその存在を主張するものである。いわば石膏型としての空間そのものが、在らざるものとして彫刻の本質を規定しているものといわねばならない。それ故ガライは在らざるものを暗示すべく、鑑賞者の選択眼を次第に拡大せる空間へと誘ったのである。かような凹面彫刻の美学は、石庭や借景庭園に取り囲まれて育ったわれわれ日本人の審美眼には極めて親しいものとして映るのである。われわれは自然との一体化の下に生きている、とも指摘される。気なるものは、ただ単に動物体にのみ内在するのではなく、草木、岩石にも内在し、主観界と客観界とを通底する生命原理であり、われら東洋人はその存在にそれこそ常々気付かせられているのである。それ故にこそ満員の車中において日刊紙にしがみついている人々の熱心さというものも肯けるわけなのだ。一見字面を追っているかの如く見える彼らは、その実ディング・アン・ジッヒとしての気なるものと御対面の真最中という次第なのである。

雨中、小看板を熱心に立て歩く様子、そして翌朝の興奮ぶりなぞはそのまま若き日のボルヘスが壁雑誌『プリスマ』を貼り歩いた際の名残りといってよかろう。

最後にファナ・ムサンテについて一言。『ドン・イシドロ・パロディの六つの問題』の第五話「タデオ・リマルドの犠牲者」において、ヌエボ・インパルシアル・ホテルの共同所有者としてクラウディオ・サルレンガとビセンテ・レノバレスの名が出てくるが、ムサンテはサルレンガの夫人ということになっている。

失われしを嘆く勿れ

クロニクルも後半にさしかかり、ボルヘスは自らあからさまなる登場を行うことにより自己風刺の対象となっている。今世紀後半の代表的著作家はたしか八月の二四日（ボルヘスの誕生日である）頃ブエノスアイレスにおいて生れ、市文学賞第二席を獲得したり、未だに蛸のように生にしがみついている、といったことは広く世に知られた事実なのである。以上はさして意味のある指摘とも思えないが、本章のテーマである簡潔＝省略の美学については少しく語らねばならないであろう。作家の自由を守るため、地を這うレアリスムを足下に見下し想像力を大空高く羽搏かせんとすれば、いきおいあれこれを言い抜かす必要が出てくるというものである。丁度ローミスの如く厖大なる準備作業を経て、限りなき純化、簡潔化に至るというのが、〈詰め物〉の集塊化の対極にあるボルヘスの方法であるということができる。これが一部知力の不足気味な批評家連から不分明とのそしりを受ける所以のものなのである。これに対しては、並はずれた細心の心遣いという同情には苦笑しながらも〈言い抜かし〉の美学を若干後めたさをこめつつ援用しているのである。

さて、『光ありたり』は長篇小説を書くことあたわざるボルヘスがこのジャンルに対し悪評をあびせかけているものと解してよかろう。有為転変常ならぬ現世そのままを反映した不定型なる心理小説群、無味乾燥なる日常生活の空虚さに身をまかせきったかのごとき水増し小説群、恣意性に満ち、集中力の欠如した飛ばし読み可能なる小説群の存在。その元凶というべきロシア小説の多くは、神が存在しないとするならばすべては赦されているというのだろうか、幸福すぎて自殺する男、慈悲心による殺人、愛故に別れなければならぬ恋人達、その他その他が延々且つ支離滅裂に、作者自らも人物名を取り違えつつ、レアリスムという最も人為的なる虚構を捧じながら拡大敷衍されるのである。最後の一瞬の為に生きることあたわずといえども、せめて最後の落《オチ》の為にこそすべては書かれなければならないのだ。

かくも多様なるビラセーコ

プラトンは文学はすべて自叙伝的であると語った。処女作においてその〈文学〉のエッセンスがむしろあからさまなる形で露呈している例が少くはないのである。ボルヘスも語っている。「私にとっては処女作『ブエノスアイレスの熱狂』がその後の私の辿りゆく道を予知するものになった」と。光輝く小球体アレフの永遠にも似て、そこにはすべてが含まれているのだ。

一方、作品の解釈の方は、時代により読者により変遷を続けるものであることはいうをまたない。勿論当の著作家なり詩人なりが読者のひとりであることも又、あらためて強調するまでもないのである。ギンスベルクも語っている。「変えるのだ。変形させるのだ」と。

個人的にして特殊なる状況の下で詠まれる詩の場合は、散文と比較して一層多様なる読まれ方が可能であるが、詩人はただひたすらに永遠なる今を垣間見させるべく真実を詠いさえすればよいのである。

先輩詩人の影響の下、頼り無いデビューを行った心臓つところなくはない小品が、時の流れのまにまに、技巧的なるモデルニスモや簡素で慎しいカリエゴの鏡に照射されつつ、いつしか「まごうかたなき個性と高貴なる品格」を獲得するに至る。爾餘は馬鹿騒ぎというわけで本篇においては時代と詩人が迎合し合うところで終っている。彼はかくして五十年間以上というもの、スペイン語詩の歴史を自ら体現するところとなったのである。

ビラセーコ(Vilaseco)という名は、分解すると「ひからびた町」とも読める。ボルヘスという名も語源的には〈町〉を意味する語であるという。

『顔と仮面』誌は一八九八年から約三十年間続いたアルゼンチンの雑誌で、多くの文芸家の寄稿があった。又、ヌニェス・デ・アルセ（一八三四―一九〇三年）はスペインの後期浪漫派の詩人で懐疑的なる哲学詩に長じ、ギド・スパーノ（一八二七―一九一八年）はアルゼンチンの詩人でジャーナリスト。感動的にして愛国的なる文章に富む、という。

「覆われた鏡」（『創造者』）でもふれられているように、イスラム教の説くところによれば、生き物の姿を描いた者は、最後の審判の日にこれら描かれしもの達によって霊魂を与える様求められるが、彼にはその力無く、作品共々地獄の劫火の苦しみを受けるに至るという。それ故ペルシァのミニアチュールを唯一の例外として、回教圏においてはアラベスク模様以外に絵画的表現の発展を見ることができなかったのだ。そもそも絵画の発生は、花鳥風月、人体容貌を描写せんとするの衝動にこそ起因したのではないであろうか。作画の衝動に駆られた実直なる回教徒タファスは、この矛盾をば厳格なる理論と光輝く作品群によって見事乗り越えたのであったが、抽象画家連——彼らこそ抽象的なる諸要素の結合により音楽からその富を奪還せん（？）と目論む人々に他ならぬ——と結果において一致しようとは誰が予測しえたであろうか。暗夜の烏、抽象画家の行き着くところ漆黒の美に他ならぬ。画龍天晴たちまちにして風雲わき起り、辺り一面はただ真暗闇。東洋人士の画く山水と比較する時、その不動産屋にも似たる空間恐怖の何たる所行であることか。抽象画家側としてはタファスの採用した画題——例えば「カフェー・トルトーニ」、「エスパーニャ・ホテル」、「ロダンの〈考える人〉」等々——の具体性が気に入らなかったのだろう。そういえば音楽的とも評すべき作品の数多いクレーの画題も又、しばしば暗示的なる表現に止まっていたものである。

本篇におけるH・B・Dとタファスの年齢差はボルヘスとビオイのそれと同じであったと思いたい。なぜなら二人が初めて会った頃、ボルヘスはすでにひとかどの文学者（新文学世代の旗手）として文学サークル内ではかなり名の知れた存在であったが、ビオイの方は有望ながらほとんど無名な、まだ秘密出版の一冊と匿名の一冊とをかかえてうずくまっている文学少年にすぎなかったからである。

衣裳革命I

『ブストス＝ドメックのクロニクル』に限ったことではないが、カーライル——特に狂熱の書『衣裳哲学』——がボルヘスに与えた影響には無視しえぬものがある。仮空的なる衣裳哲学者ディオゲネス・トイフェルスドレック教授の手になる観念論的著作を要約、註釈すると共に、その伝記をも並置した『衣裳哲学』こそは虚実皮膜の絶対空間をボルヘスの眼前に照射せしめたところの鏡の如き一本であったのだ。われわれの目に見える肉体、自然の一切は霊魂、神など目に見えぬ存在の象徴、即ち衣裳である。しからばここにいう〈絵にかく衣裳〉とは一体何を象徴せんとしているものなのであろうか、という問が既にして深読みというものであろう。〈クロニクル〉もここら辺りから審美的観点を捨て去り、街の中へと出かけかかっているのだから。

さて、衣服の本質は保温或は身体の保護という実利的側面と、露にせんがために隠すというか、他人（特に異性）を意識した心理的なる側面とから成るものとみてよかろう。ヌーディスト村においては階級性も或は又ひょっとして自他の区別さえも判然としなくなるのではないだろうか。化粧の原始形態である身体彩色がここでは立体的に拡大されて、ブラドフォードはベールのハキムと並ぶ教祖のひとりとなり、且つサバタイ・ツヴィよろしくいったん使徒達をも裏切ったかに思われたが、その殉教は模倣による伝幡を促し、反作用を呼んで希薄化へと至ったのである。パリからやって来るのはひとりボーグやロフィシエルのモードばかりではなく、フロリダ派やボエド派も、振り返って見るボルヘスにはどうやら色調の差にしか見えないもののようである。

衣裳革命Ⅱ

前章では得意の探偵物仕立てであるためか少々興が乗りすぎた感のあったH・B・Dは衣服の美的側面にふれるだけで終っていたが、ここでは対極の機能的側面を俎上に載せているのだ。建築界ではホッチキス・デ・エステファーノの例に見る通り、〈機能主義〉は一昔も前についえさっていたが、ファッション界においては、無用の長物の満艦飾といった有様のロンドン仕込みの紳士服が、今やっと新時代精神の集中砲撃にあえない最後を遂げるところとなり、灰燼の中から人間機械論が装い新たに登場してきたのである。デカルトの動物機械論を発展させたド・ラ・メトリの人間機械論においては、動物と人間との間にただ単に複雑化という量的差異しか認めず、共に実体としての霊魂の存在は否定し去られているのである。要するに、人間は最高度に複雑な機械だというのである。なぜかH・B・Dはフランス唯物論の系譜に眼を注ぐことなく、アングロサクソンのサミュエル・バトラーを担ぎだしているのだ。バトラーの言によれば「いわゆる人体は精神力の投影である」ということで〈意志〉の人バトラーにふさわしい発言であるが、それをうけてここでは唯物論的方向へと発展或はすりかえが行われているのではないかと思われるのである。

それはともかく、試みに一時眼前に思い描いてほしいものである。顕微鏡（目）、レミントン銃（手）、椅子（尻）、杖（足）から成る人物像を。或は又、デパート帽を冠り、師匠手袋をはめ、書類入れスーツと二重ばねつきズボン尻を着用のいでたちを。「不死の人々」の誕生が間近いことが予感されるであろう。それに夢想家と企業家との幸福なる結合は、後にアイゼンガルトの一身に具現するところとなるが、翻ってこの人体そのものについて思いをいたす時、高度の分業構造にあるとはいえ、その背後には巧みに一身に連絡統合するものが存していると違いない、と考えたい。

斬新なる観点

〈歴史学は科学か芸術か〉――常に新しい問いかけには違いない。その昔文学であった歴史が、客観的認識と称する理論的概念を身にまとい、科学として名乗りをあげてからそう長い歴史があるわけではない。過去は未来より常に新しく歴史的現実の視座たるべき〈現在〉は常に浮足立っているのだ。そればかりではない。人間集団の行動と構成員たる個々人の思惑との関係或は無関係（英雄は集団のシンボルであるか？）、普遍性と個別性、必然と偶然、一回性と反復性――これだけの不確定要素の組合せから客観的真実が生れでる可能性が果してあるであろうか。否、否である。各人各様がその経験を通じ、転ばぬ先の杖として過去の理解に到達すること、それ以外になすすべはないのだ。一部コスモポリタンを除いて、全人類は未だにその国家においてその生涯を全うする。文学においては、ラテンアメリカは今やスペインを支流へと完全に押しやったといってよいが、アルゼンチンのナショナリズムの底流には既にして、ラプラタ河南岸のケランディ族が無敵のスペイン本国をば併合したのだという信仰が存しているのではないかと、皮肉りたくなるような後進性が散見されるのである。（ファン・ディアス・デ・ソリス、ペドロ・デ・メンドーサ、ファン・デ・ガライの霊よ安らかなれ。）北米大陸の発見もまた、インディアンによるコロンブスの発見であったのだ。従属諸科学それぞれが純粋科学となったように、弱小諸国の独立宣言が増加すると共に、国境は消滅し真に全地球的規模における人類の世界史が誕生するであろう!?

存在は知覚

標題の「存在は知覚」（Esse est percipi）は、御承知のようにバークレー観念論哲学の定式「存在するということは知覚されることである」による。バークレーによれば森羅万象——眼前のこの机も、あの公園の樹も——すべてはそれを知覚する心の外には存在することができず、私の心、貴方の心、或は又永遠にして無限なる〈精神〉において知覚されるところなければ、何ものも存在し得ないのである。神はわれらの背後にあって、われら有限なる精神相互の交渉を可能ならしめんがために、媒介項としての感覚的観念をばたえず産出、供給し続けているのである。以上がまったく論駁の余地なく且つ証明不能なバークレー哲学の骨子なのである。

ボルヘスによればカーライルが最も熱烈なる観念論者であり、バークレーが最も明晰なる観念論者ということになるが、このバークレーとボルヘスとの間にも因縁浅からぬものがあるのだ。既に詩集『ブエノスアイレスの熱狂』（一九二三年）中の「夜明け」においてショーペンハウエルと並んで登場しているバークレー（哲学）については、評論集『審問』（一九二五年）所収の「バークレーの四つ辻」において詳細に論じられ、「トレーン、ウクバール、オルビス・テルティウス」（一九四〇年）を経て『新時間論反駁』（一九四七年）での正面からの取り組みに至るまで、ボルヘスの刎頸の友と評しても過言ではないのだ。

さて、本篇においては国民的スポーツであるサッカーを対象に、感覚的観念としての映像をば供給する神の如き存在としてのTV局を筆頭に、種々のマス・メディアが登場するのである。TV先進国に住まうSF作家にはこの種インベンションがやや食い足りなく思えることでもあろうが、ここでは映像の供給者たるTV局と、ブラウン管に釘付けとなった大衆という構図の背後で、もうひとりのデミウルゴスがほくそえんでいるのだ。レノバレス、サルレンガ……「彼らの名前を案出したのはこの私なのだ。」

無為なる機械

ラテンアメリカの人々は巨大なる夢の時間に生きている様に思えてならない。シエスタとシエスタのあいまにしか偉大なる文学は生れないのではないだろうか。ブエノスアイレスで〈日本文学叢書〉が発刊されることはまずあるまい。そのひとつの理由は現代日本文学が孤立の状態のままでそのポテンツを失ってしまったからである。秒きざみの合理化の果てには何ひとつ失うものとてなかろう。

外電の伝えるところによれば、イサベル・ペロン時代に一年間で三五〇パーセントの上昇率に達したインフレも、最近ではやや下火になりつつあるということであるが、テロリストを壊滅したつもりの軍政は、内外呼応していつしかより強力なるファシスモの誕生をもって幕を閉じかねない有様という。ボルヘスよ、ファシスモとファシスモのあいまにさらにまどろみたまえ。

ミゲール・デ・モリーノス（一六二八―一六九六年）について一言。サラゴーサ出身の異端の神学者。モリノシスモが当時のスペインに与えた影響は大きく、十七世紀末無為主義の基礎を築いた。

不死の人々

一九四七年の二月『ブエノスアイレス年報』に発表された「不死の人々」は二年後に一本『アレフ』に取纏められた時には「不死の人」と改題された。事柄をさらに紛糾させる為に冗言すれば、わが国では「不死の人」が含まれている『アレフ』は諸般の事情から『不死の人』と呼ばれている。矢野峰人の時代なら

ひとすぢの髪、真と偽を分つとや、
さなり、君若し見出でなば、かの「いろは」さへ
――『るうばぁいやぁと』より

という風に〈アレフ〉を「いろは」と擬古的に表記するも可能であったろうが、今や『アレフ』は『アレフ』と呼ばれるべきなのだ。『ルーバイヤート』で思い出したが、これを翻訳したのは息子ボルヘスである様に記載している書誌もあるが、実は父ドン・ホルヘ・ボルヘスの手になるものであった。これはワイルドによる釈尊の物語「幸福な王子」の翻訳者ホルヘ・ボルヘスが実は少年ボルヘスであったのと対をなしている例である。ことほど左様にボルヘス親子の関係は緊密であった。父は子を図書館に閉じ込め、あまつさ観念論のシャボン玉で囲い込み、そしてその視力の及ぶ範囲を眼前の書物に限定したのである。

え運命の年一九三八年、亡くなった父に手招きでもされたのであろうか、息子ボルヘスは同年の降誕祭の夜に後に死線をさ迷うことになる事故に遭遇するのである。生き還ったボルヘスが最初に発表したのが「ドン・キホーテの著者ピエール・メナール」（一九三九年五月）で第二作が「トレーン、ウクバール、オルビス・テルティウス」（一九四〇年五月）なのである。共に物語作家としてのボルヘスの記念碑的作品であるが、事はそう単純ではないというのがボルヘスの常で、右の二作に決して劣ることのない重要性を持つ作品「アルムターシムを求めて」が既に一九三五年に書かれているという事実があるのだ。（フランスにおけるボルヘスの最初の紹介はネストール・イバラの手によるこの作品の翻訳〔一九三九年〕であった。それがただひとりルネ・ドーマルの目にとまり、彼は『類推の山』へと旅立ったのだが……。）

さて、〈不死の人〉は何度か死ぬことができたが、〈不死の人々〉は一度も死ぬことができない。実在の真の姿と直面するところとなる未来人類の精神の有様とは！

ホーソンの「ウェイクフィールド」やヴァレリーの「未完の物語」中のクシオスの挿話といったカフカ的なる放逐者の物語は、ボルヘスのこよなく愛するテーマのひとつである。本篇の肩から力を抜いた語り口の導入部から、ラストの内庭《パティオ》を眼前にした奥まった部屋の中で手記を綴る変装者の姿まで、これはまことにボルヘス的なる作品なのであった。

*

本書は Jorge Luis Borges y Adolfo Bioy Casares, *Crónicas de Bustos Domecq*, Editorial Losada S.A., Buenos Aires,

1967. の全訳である。訳者は一九六八年三月三一日刊行の第二版を使用した。
なお末尾ながら、翻訳の機会を与えて下さった諸先生、並びに、読める日本語へと近づけるために、数多くのアドバイスを与えて下さった担当の鈴木宏氏に感謝致します。

ブストス＝ドメックのクロニクル

一九七七年六月二五日初版第一刷発行
二〇〇一年二月二三日新装版第一刷発行

著者　ホルヘ・ルイス・ボルヘス
　　　A・ビオイ＝カサーレス
訳者　斎藤博士（さいとうひろし）
発行者　佐藤今朝夫
発行所　株式会社国書刊行会
東京都板橋区志村一—一三—一五
電話　〇三（五九七〇）七四二一
FAX　〇三（五九七〇）七四二七
印刷　㈱エーヴィスシステムズ
製本　㈲青木製本

ISBN4-336-04286-1
http://www.kokusho.co.jp